小説　ゴルフ人間図鑑　ミステリー編

ゴルフ場には死体がいっぱい

江上剛
Go Egami

日刊現代／講談社

ゴルフ場には死体がいっぱい

小説　ゴルフ人間図鑑　ミステリー編

目次

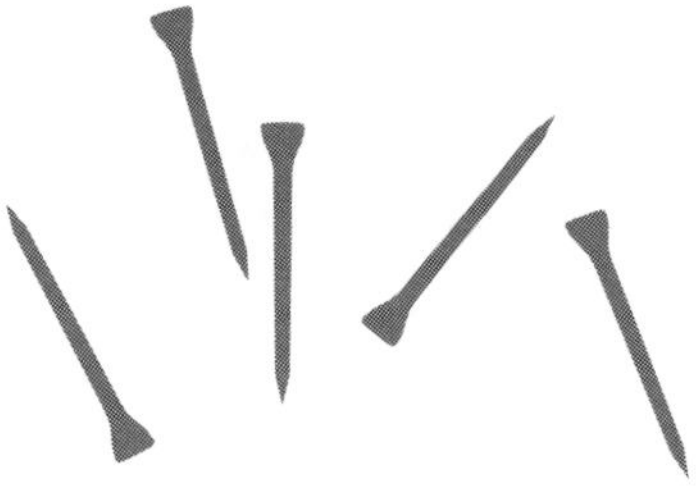

編集協力：溝呂木大祐（スタジオ・ソラリス）
装丁・本文レイアウト：溝呂木一美（スタジオ・ソラリス）
DTP：株式会社キャップス
本文イラスト：feelplus / PIXTA（ピクスタ）

第1話

理事長

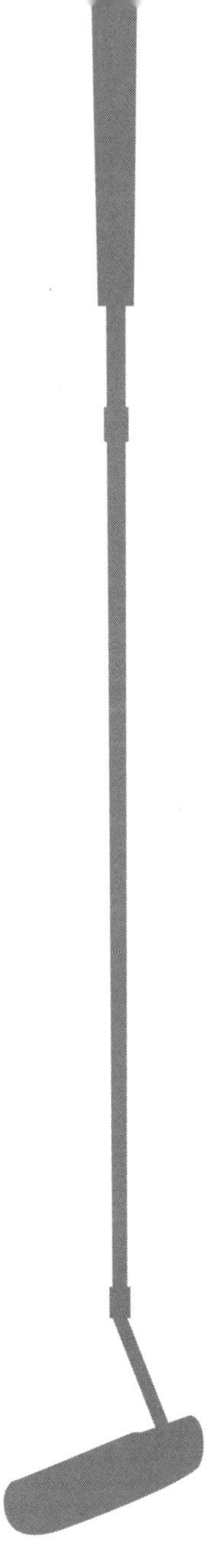

プロローグ

埼玉県流星市は、所沢市の近くの県内で最小の市であるが、市中を貫く関越道沿いにはいくつものゴルフ場があり、まさにゴルフ銀座の賑わいを呈していた。市の財政は、ゴルフ場からの税収で賄っているといっても過言ではなかった。

多くのゴルフ場の中で名門中の名門と言われているのが春山《はるやま》ゴルフクラブである。日本にゴルフが伝わった頃、神戸など関西でゴルフ場が造られたが、時を同じくしてこの春山ゴルフクラブは開場した。以来、１２０年の時を刻んできた。

春山の名前は、この辺りにあった低山の名前である。しかし、その山は、ゴルフ場を開発するために無残にも削られ、姿を今日に留めることはできなかった。そのため、せめてゴルフ場の名前にだけでも残そうということになり、春山ゴルフクラブと命名されたのである。

コースは、かつて山であったためフラットな中にも起伏があり、古いメンバーなどは、プレーするたびに、懐かしい、懐かしいと連発し、涙を流すのが常だった。春山は彼らの遊び場だったのである。

昔の春山の姿を最も色濃く残すのが、最終の１８番ショートホールである。姿の良い、まるで春山を模したような小山を背景に大きな人工池が配置されている。池の真ん中には丸い浮島がある。それが微妙に亀の甲羅のようになっており、ナイス・オンと思ったら、ボールはトロトロと池に向かって転がり、ポチャンと水音を立てる。その時、お約束通りゴルファーの絶叫が水面を波立たせることになる。

浮島へ渡る太鼓橋がかかっている。ナイス・オンしたゴルファーは堂々と、池ポチャのOBとなったゴルファーは恨めしそうな目つきで水面を睨みながら橋を渡る。そして浮島の左に設けられた特設ティーから3打目として打つ。ロングホールやミドルホールでは、特設ティーはローカルルールで4打目だが、ショートホールなので3打目である。

「あいつ、こんな時間にこんなところに呼び出しやがって」

牛島清兵衛《うしじませいべい》は表情をしかめた。

清兵衛は、太鼓橋の最も高い場所にいた。〝月がとっても青いから〟という歌があるが、今夜の月はそれに劣らず満月で冴え冴えと美しい。

月明かりが水面を照らし、まるで昼のようだ。

「それにしてもここから眺めるクラブハウスの景色は最高だ」

浮島からは和風の平屋造りのクラブハウスを望むことができる。クラブハウスは、昔、この辺りにあった豪農の家を移築して造られている。清兵衛はそれを眺めていると胸が締め付けられるように切なくなる。幼い頃の記憶を呼び戻されるからだ。清兵衛の父は、春山ゴルフクラブの創設者の1人であり、クラブハウスは清兵衛のかつての実家を彷彿とさせるからだ。

清兵衛は腕時計を月明かりにかざした。時間は、夜の8時を過ぎている。

「おっ、ようやく来たか」

太鼓橋を歩いて来る人が見えた。

「遅かったな」

清兵衛は笑みを浮かべて言った。その時だ。月明かりに照らされた銀色に光る物が目に入った。それが何かと判別する前に、頭に強い衝撃が走った。かっと目を見開いたが、その後は闇が清兵衛を包んだ。

@ショッピングセンター　05.08.11:50

流星市の安全を守るのは、市警察である。しかし、たいした事件がない静かな街である。

捜査一課警部の冨田場波《とみたばなみ》は、非番でもないのに妻の好美《よしみ》と娘の加奈《かな》と大型ショッピングセンターに買い物に来ていた。

場波とは変な名前だが、父親の仕事が港湾関係だったからとか、または英国人の友人にバーナビーという人物がいたからとか、いろいろ言われるが、父が死んでしまった今となっては、真相は不明のままだ。それは場波にとって特別問題にすることではない。変わった名前で他人に覚えてもらえるから得することの方が多い。

好美とは同じ流星市の小学校以来の付き合いである。当然のことながら好美の方が、成績もよく、リーダーシップもあった。それがどういうわけか場波を好ましく思ってくれていたようで妻におさまってくれた。娘の加奈は、大学を出て、流星市の保育園に保育士として勤務している。今は２４歳であるが、まだ恋人はいないようだ。

場波は、今、５０歳である。都内の大学を卒業し、埼玉県警に入った。県内各地を転々としたが、ようやく生まれ故郷の流星市で落ち着くことができた。

「パパ、ここのピザ美味しいのよ」

加奈がショッピングセンター内のピザ専門店の前で立ち止まった。

「そうか。それなら腹も減ったから食べるとするか？」

場波は好美を見た。

「そうね。じゃあ、ここでお昼にするかな？」

好美が率先して店に入る。昼のピーク時まではまだ少し時間があるからだろう、席が空いている。

店の人の案内で、場波たちは席に就いた。

「何にしようかな」

加奈がメニュー表を手に取った。

「私は、アンチョビとからすみのピザがいいかな」

好美が言った。

「俺のは、加奈が適当に選んでくれ」

場波は言った。好き嫌いはない。だが、問題は中年太りで腹回りが膨らんでいることだ。カロリー過多を警戒しないといけない。

「わかったわ。私は、ファイブチーズピザにするから……」

「おいおいファイブチーズって5種類ものチーズがトッピングされているのか」

「そう。モッツァレラチーズでしょう、ゴーダチーズにチェダーチーズに……」

加奈が指を折っている。

「もういいよ。聞いているだけでカロリー過多で太りそうだ。俺は、それだけは勘弁してくれ」

場波は眉を顰めた。

「パパは一番人気のマルゲリータピザにしましょう」

マルゲリータピザは、モッツァレラチーズやトマトソース、バジルなどを使ったピザだ。

「パパ、携帯」

加奈が場波を指さした。

スーツの胸ポケットに入れた携帯電話が激しく鳴っている。

嫌な気がした。この気は伝染するのだろうか、好美も同じような気になったのだろうか、剣のある視線を場波の胸に向けた。

「ちょっと失礼するよ」

場波は携帯電話を胸ポケットから取り出すと、立ち上がった。店の中では通話をしてはいけないからだ。

電話をかけてきたのは、部下の辺見《へんみ》譲二《じょうじ》だ。

譲二は、27歳。階級は巡査部長で、場波と組んで事件捜査に当たっている。

「どうした?」

場波は店の外で、周囲を警戒しながら聞いた。

「今、どこにおられるのですか？　警部」

譲二が責めるような口ぶりで言った。

「うん、まあ、ちょっとな」

場波は言いよどんだ。まさか非番でもないのに妻子とショッピングセンターにいるとは口にできない。

「今日は非番じゃないですよ。ご夫婦の仲の良さはかねてより存じあげてはおりますが、まさか奥様とご一緒じゃないでしょうね」

「まあ、いいじゃないか。ところで要件はなんだ」

旨いピザが運ばれてきているのではないかと気になる。

「死体が上がりました」

譲二が、感情のこもらない声で言った。

「死体？　殺しか？」

場波の表情が緊張する。

「まだわかりません」

「場所は？」

「春山ゴルフクラブです」

「ほう、名門だな」

場波でもその名前は知っている。勿論、プレーしたことはない。本庁の偉いさんたちは何度もプレーしているに違いないと下世話な嫉妬が胸を刺す。

「どこにおられるのかわかりませんが、私はただ今から現場《げんじょう》に向かいます。では、春山ゴルフクラブでお待ちしております」

譲二の口元が皮肉で歪むのが、場波の目に浮かんだ。

「私もすぐに行く。タクシーで向かえば10分かそこらで着くだろう」場波は時計を見た。

「12・20《ヒトニー・ニーマル》にクラブハウスで待ち合わせしよう」

12時20分に待ち合わせることを告げた。

「了解です。遅れないでくださいね」

「勿論だ」

場波は、譲二の生意気な口ぶりにむかついたが、すぐに非番でもないのに家族と食事をしている自分が悪いと思い直した。

店の中に戻った。好美と加奈が場波に振り向いた。テーブル狭しと大ぶりのピザや飲み物が並べられている。まだ手を付けていない。2人は場波が戻って来るのを待っていたのだ。

「どうしたの？　なにかあったの？」

好美が表情を曇らせている。

「ああ、ここで言うにはちと憚《はばか》れるな」

場波も鼻梁に皺を寄せた。その表情が全てを物語っていた。

「出かけるのね」

好美が言った。

「ああ、すまない」

場波は、好美と加奈に頭を下げた。

「パパ、気にしないで。食べられなかったらテイクアウトしておくから」

加奈が陽気に言った。

場波は、加奈の笑顔に救われた気になった。警察官の娘になったお陰で、ろくすっぽ遊んでやる時間がなく、父親の役割を満足に果たせなかったが、素直な良い女性に育ってくれた。加奈はきっと平凡なイクメンの男性を伴侶に選ぶに違いない。その考えに場波は一抹の寂しさを覚えた。

「気をつけてね。帰りは遅くなりそうなの？」

好美が聞いた。

「わからない」

場波は、その一言だけ残して、踵を返した。

@春山ゴルフクラブ　05.08.12:20

「お待ちしていました」

春山ゴルフクラブのクラブハウスのロビーに譲二が立っていた。にやりと表情を歪めた。

「きっちり12・20だろう？」

場波は得意げに言った。

「はい」

譲二はわずかに口角を引き上げた。

譲二は、場波と一緒に捜査に当たる、いわばバディという仲だ。若くて優秀で、大学時代はラグビーで左ウイングという最も足の速い選手のポジションだったというだけに中年太りの場波に比べ、すらりとした体形である。美形とまでは言えないが、鼻筋が通った精悍な顔立ちで、署内でも女性警官からの人気が高いらしい。

問題は、少し皮肉屋な点だ。上司の指示にはなんでも素直にハイハイと従うことが最高の価値観であると教えられて育った昭和の場波は、たまに「今時の……」と愚痴っぽい一言をこぼしてしまう。

「現場に案内してくれ。ところでゴルフ場にしては妙に人が少ないな」

「今日は、月曜日で休場だそうです」

「そうか、それは良かった」

場波は譲二の案内で現場に向かった。

クラブハウスから外に出ると、場波の目の前に広々とした緑の芝生が広がった。杉や松や桜などの木々が緑の葉を広げている。時折、鳥が鋭く空を横切る。初夏の日差しは、まばゆく、輝き、芝生の上を踊っている。

「きれいだな」

場波は思わずつぶやいた。

「ほんと、贅沢ですね。金持ちたちの社交場ですかね」

譲二が白けた口調で言った。

「なにを僻《ひが》んでいるんだ。ゴルフは健全なスポーツだよ」

場波が注意した。

「警部はやるんですか？」

譲二はゴルフクラブを振りまわす真似をした。

「やるわけないだろう」

場波はきっぱりと否定すると、「さあ、急ごう」と譲二を促した。

「現場は、あちらです」

譲二が指さした先には満々と水を湛えた大きな池が見えた。

「池か……」

場波は、その池の美しさに心を奪われた。

緑の芝生の先に青く澄んだ水を湛えた池がある。水面を波立たせているのは小さな水鳥の群れだけだ。池の周囲は桜の木々で囲まれている。春になり、桜が満開となるといったいどれほどの美しい景色になるのだろうかと、場波は想像した。

「ガイシャは溺死か？」

「さあ、なんとも。鑑識の北本先生が来ておられますから、お伺いしましょう」

北本先生とは地元で総合病院を経営する医師の北本雄介である。年齢は８０歳。しかし、年齢を感じさせないほど姿勢がしゃんとしている。穏やかでめったに怒りを表に出すことがない。専門は外科で、難しい手術もこなすのだが、本人は小児科で子供相手に診療するのを最も楽しみにしている。子供たちからはおじいちゃん先生と親しく呼びかけられている。

流星市警察は、専門の鑑識医を常時雇用するほどの余裕がない。そのため殺人事件が発生した場合は、北本を頼りにしている。

「北本先生、ご苦労様です」

遺体の傍に跪き、検分している北本に、場波は声をかけた。

「おお、警部、お疲れ様。今日は非番じゃなかったのかい」

北本は、場波を見上げ、にやりとした。譲二が余計な情報を耳に入れたに違いない。

「いえ、まあ、そこはつっこまないでください」場波は苦笑した。「ところで仏さんは？」

遺体は、男性で池から引き上げられた直後のようだ。ゴルフ場のエンブレムを左胸につけた紺色のジャケットにグレーのスラックス、茶の革靴。シャツは開襟の白のポロだ。水に濡れた頭髪はべっとりと頭皮に張り付いているが、色は鮮やかなシルバーだ。顔は、水に浸かっていたためか、むくんではいるが、ふっくらとし、生活の余裕を感じさせる。

「明らかに殺人です。ここに」北本が遺体の左側頭部を場波に見せた。「何か硬質の物で強い衝撃を与えられたため頭骨が陥没し、脳挫傷を起こしています。その直後に池に投げ込まれたようです。病院に戻って解剖してみないとはっきりとはしませんが、殴られた段階では即死ではなく、池に投げ込まれた結果、水死したとも考えられます」

場波も膝を屈し、遺体の側頭部を覗き込んだ。むごいほど頭骨が損傷している。その陥没した箇所にわずかばかり水草が入り込んでいるのが、なんとも哀れで痛々しい。

「死亡推定時刻は？」

「皮膚の状況を見れば、あまり時間は経っていないでしょうな。昨夜の8時から10時というところでしょう。それじゃあ、遺体を病院に運んで、じっくり検視しますかな」

北本は、遺体に手を合わせ、瞑目すると、ゆっくりと立ち上がった。

「身元などわかっていることを教えてくれ」

場波は譲二に言った。

譲二は、手帳を取り出した。

「申し上げます。ガイシャは、牛島清兵衛、78歳。弁護士。牛島法律事務所を赤坂で経営していましたが、今は引退し、息子の牛島克己に譲っております。ジャケットのエンブレムでわかるように、春山ゴルフクラブのメンバーです。なんでも父親の時代からメンバーのようです」

「名門一家に名門ゴルフ場か……」

「警部、ちょっといいかな？」

遺体を警官たちが運び終えたのを確認して、北本が歩き始めた。

「先生、どうかされましたか？」

場波は、北本の後に続いた。譲二も従った。

北本は、池にかかる橋の中ほどに立った。

「ここが暴行を受けた現場だと思われます」

北本は人差し指を伸ばし足下《あしもと》を示した。

「ここが？」

「ここに血痕が落ちていました。それに橋の欄干に毛髪が付着していました。調べてみますが、被害者の毛髪に間違いないでしょう。こうやって被害者の体を欄干に載せて、一気に池に落としたのでしょう」

北本は欄干に自分の左側頭部を載せた。

橋の欄干は高さ1メートルほどでそれほど高くないが、ぐったりした被害者の体を持ち上げて、池に投げ込むためには、一度、欄干に載せてからでないと無理だったのだろう。

「被害者を持ち上げるにはかなり力が必要ですね。犯人は男でしょうか？」

場波の問いかけに、北本は、わずかに首を傾げた。

「男と断定するには早いかと思いますね。この程度の高さなら女性でも持ち上げることはできるのではないでしょうか」

「そうですね……」

場波は欄干に手を添えると、周囲を見渡した。被害者が最後にどんな景色を見たのだろうか、と思うと胸が痛む。

「発見したのは誰だ？」

場波は譲二に聞いた。

「コース課の者です。名前は……」譲二はメモを見た。「猿渡《さるわたり》伸夫、４０歳。クラブのコースメンテナンスの責任者です。彼が、午前１０時ごろ、ここを見回りに来た際、岸に遺体があり、驚いて引き揚げました」

「後で、私も話を聞こう。手配してくれ」

「わかりました」

譲二は答えると、顔を上げ、場波の背後に視線を送った。

「支配人が来られました」

場波が振り向くと、小走りに男が近づいて来た。きちんとした紺のスーツ姿である。

「支配人の白川康平さんです」

譲二が言った。

「皆さま、ご迷惑をおかけしています」

白川は悲痛な表情で頭を下げた。

「流星市警察の冨田です。こちらこそ、捜査でご迷惑をおかけしますが、ご協力をよろしくお願いします」

場波は警察手帳を提示した。

「支配人には先ほど、ご遺体の確認をしていただきました」

譲二が言った。

白川が神妙に頷いた。

「それはご苦労様です」

「こんなことになるなんて信じられません。コース課の猿渡さんから連絡を受け、急いで駆け付けましたら……」

白川は手で口元を覆った。呻くのを堪えている様子だ。

「牛島さんではありませんか。これは尋常じゃないと思い、すぐに警察に通報した次第です」

「ご立派な判断です。クラブの評判を気にして通報が遅れると、問題が複雑になる場合もありますからね」

「ありがとうございます。ご遺体も運びましたので、どこかでお話を伺うことができますか？」

「はい、ではクラブハウス内にいくつかパーティ用の小部屋がありますのでご案内いたします。ところで……」

白川は、躊躇しながら場波を伺うように見つめた。

「やはり……何と言いますか、事故ではなく……」

「はい、今のところ、殺人だと思われます」

場波は答えた。

「ああ、なんということでしょう」

白川は天を仰いだ。

@クラブハウス　05.09.07:00

クラブハウスのオープンは午前7時だ。ドアが開かれると同時に、走りながら入ってきたのは倉持甚五郎《くらもちじんごろう》だ。年齢は80歳。地元で不動産業を経営している。金が儲かってしかたがないと豪語する人物で、古いメンバーからは下品だと言われ、あまり好ましく思われていない。

倉持は、フロントに駆け寄ると「殺人事件だって。牛島さんが殺されたの」と、フロント係の国部香織《くにべかおり》に詰め寄った。

香織は顔をしかめた。

「なに、その顔は」

倉持はいらだちを表情に表した。

「だってニュースでやっていたんだぞ」

「しっ」

香織は唇に人差し指を当て、倉持の背後に視線を向けた。

「失礼します」

倉持は背後から声をかけられ、驚いた様子で振り返った。そこには譲二が立っていた。

「警察の方です」

香織が、鼻梁に皺を寄せた。余計なことに関心を持つから、呼び止められたでしょうという顔だ。

「流星市警察の辺見です。ちょっとお話を伺ってもいいですか？」

譲二は警察手帳を提示した。

倉持は、動揺を隠せず「なにも知りませんよ。なにも。私は怪しくないですよ。昨日は別のゴルフ場にいましたから」と大慌てで、言い訳を並べた。

譲二は苦笑して「容疑者という訳ではありませんよ。ちょっとお話をお伺いするだけです」と言った。

殺された牛島は古いメンバーだった。譲二は、同じような年配のゴルファーに事情聴取をしようと、開場前から待機していたのだ。

「あ、当たり前ですよ。でも、今からプレーなので……」

倉持は、逃げ腰だ。

「まあ、お時間は取らせません。少しだけです。ご迷惑をおかけしますが、犯人を捕まえるためですから、よろしくお願いします」

「わかりました」

譲二は、倉持を伴って2階食堂脇のゲストルームに入った。

「早速ですが、牛島さんとはお親しい関係でしたか？」

譲二は聞いた。手には手帳を持ち、倉持の発言のメモを取る。

「ええ、まあ、お互い古いメンバーでしたからね。一緒にプレーすることがありました」

倉持は緊張し、言葉を選びながら答えた。

「牛島さんを怨んでいる人はいましたか？」

「そうですね……と言うことは、犯人はうちのメンバーですか？」

倉持は目を瞠った。

「まだなんとも言えませんが、ゴルフ場で殺害されていますからね。行きずりの殺人事件とは思えないんです。ですからメンバーの主要な人にいろいろとお話を伺っています。すみませんね」

「いえ、ご苦労様です。でも、牛島さんを恨んでいる人ねぇ」

倉持は、何かを考えるように顔を天井に向けた。

「牛島さんは、前の理事長ですよね」

譲二は言った。

「ええ、そうです」

倉持は答えた。

「クラブでは何か揉め事はありませんか？」

「揉め事ですか？」

倉持が聞き返した。

「コース改造で問題が起きているようですね……」

「ああ、そのことですか。誰に聞きましたか？」

「誰ともなく……」

「話してもいいのかな」

「お願いします」

「今の理事長は田中《たなか》徳《とく》太郎《たろう》さんなのです。田中さんの方が若干、年下ですが、若い頃から牛島さんとはゴルフのライバルでして……」

譲二はメモを取り始めた。倉持は話を続ける。

「田中理事長は、大幅なコース改造を強行しようとしているんですよ。世界的なトーナメントを実施できるコースにしたいってね」

「ほう、こんな素晴らしいコースを改造するんですか？」

譲二の言葉に、我が意を得たりと意を強くしたのか、倉持の表情が、ぱっと明るくなった。

「そうでしょう。ここは最高なんですよ。なにもそんなトーナメントをやることはないんですよ」

「倉持さんも反対なのですね。牛島さんも？」

「ええ、私なんかより牛島さんはもっと強く反対されていました。彼は、お父さんがこのコースの創立メンバーでしたからね。改造を巡って田中さんと対立していました。それに……」

倉持は、周囲に目を配った。個室なので誰もいないにも関わらず、である。

「これは私が話したなんて誰にも言わないでくださいね」

倉持は、譲二を見つめ、深刻な表情になった。

「勿論です」

譲二は答えた。わずかに笑みを浮かべたのは、倉持を安心させるためだ。

「実はですね。コース改造を請け負う業者は、田中土建だという噂があるんです」

「田中土建？」

「田中理事長の会社ですよ」

倉持の目が鋭く光った。

「ほほう……」

譲二は大きく頷いて、メモに「田中土建」と記した。

@牛島邸　05.09.13:00

場波は、流星市にある牛島の自宅を訪ねていた。

西武線の流星市駅から歩いて10分ほど。駅前の喧騒を抜けると住宅街になっている。この辺りは埼玉県に多く見られるような新興住宅地ではなく、江戸時代に流星城を取り巻く城下町だった名残から古い屋敷が残っていた。

この地域を歩く人は、江戸時代にタイムスリップしたような感覚を覚えるのではないだろうか。そのため観光客にも人気がある。最近は、通り沿いにおしゃれなカフェをちらほらと見かけるようになった。

「ここだな」

場波は、屋根のある冠木門の前に立ち、ネクタイを正した。

牛島が地元の有力者であることは知っていたが、これほど大きな屋敷に住んでいるとは思わなかった。

しかし、よく見ると、門はかなり痛んでいる。屋根には雑草が生えているではないか。修繕が定期的になされていないのだろう。

門をくぐり、中に入る。玄関まで玉砂利を敷いた小道が続いている。広い庭には、松や桜などが、葉を茂らせていて、その間から大きな平屋の屋敷が覗いている。

「人の気配がなく寂しいな」

冷たい風が、場波の傍を通り抜ける感じがする。

場波は、小石を踏みしめるじゃりじゃりという音を耳にしながら玄関に向かった。

玄関の近くに駐車場がある。イエローのポルシェ、ダークブルーのＢＭＷ、ホワイトの大型ベンツが停まっていた。

どれも高価な車だ。３台とも牛島の保有なのだろうか。

車は立派だが、屋敷は決して素晴らしいとは言えない。古びて、壁には蔦が伸び放題に絡まっていた。このまま朽ちてしまいそうな気配を漂わせている。

玄関は固く締まっていたが、ドアフォンがある。パナソニック製だ。木製の重厚な扉に、新しい機器が奇妙な違和感を醸し出している。

場波がドアフォンを押した。すぐに中から応答があった。

「流星市警察の者です」

場波はドアフォンに顔を近づけ、呼びかけた。

「今、ドアを開けますわ」

中から女性の声が答えた。

ドアが開いた。

女性が姿を現した。若い。どうみても30代か。せいぜい40代前半だろう。淡い栗色の髪で、小顔で目元が涼やかな美人だ。スタイルも良い。ゆったりとした白のワンピースを着用している。ワンピースから見えている足は黒いスパッツを穿いている。それは足首までだけの丈で、裸足にスリッパだ。

「お邪魔します」

場波は警察手帳を提示した。

「流星市警察の場波です。ちょっとお話を伺ってもよろしいでしょうか」

「どうぞ、お入りください」

彼女はドアを広く開けた。

「失礼します」

場波は中に入った。

「これは……」

場波は、思わずつぶやいた。

外観からは和風の屋敷を想像していた。しかし中は洋風で、床は靴のまま歩いても大丈夫なように大理石だ。玄関を入ると、吹き抜けのホールになっている。外からは平屋にしか見えなかったが、中は2階、否、3階まであるのかもしれない。

「ふふふ」

彼女が笑った。

「たいていの方が驚かれますわ」

「ええ、驚きました。和風だと思っていましたので」

場波は彼女を見た。

「ところで……」

「私は、牛島の妻の麗華《れいか》でございます」

「奥様でしたか。この度は、ご愁傷様でございました。ただいま検視中でございますので、ご遺体をこちらにお戻しできないことをお詫びします」

「構いませんわ。丁寧にお調べ願って、早く犯人を逮捕してください」

麗華に悲しみの表情は浮んでいないように見えるのが、場波には意外だった。

「全力を挙げて捜査いたします」

場波は、麗華を見つめて、断固とした口調で言った。自信たっぷりに言うことで遺族を安心させることができるだろう。

「どうぞこちらへ」

麗華は玄関ホールを歩き始めた。場波は、その後ろに随ったが、麗華の何とも言えない不思議な蠱惑《こわく》的雰囲気に圧倒されている自分を情けなく感じていた。

@牛島邸客間　05.09.13:15

場波が通されたのは客間だった。ダンスが踊れるほど広い客間には豪華なソファとテーブル、そしてサイドボードには場波が味わったことがないウイスキーがグラスとともに何本も並んでいた。

天井のシャンデリアは、きっとバカラとかいうメーカーに違いない。キラキラと輝き、まるで宝石かと見紛うばかりだ。

「なにかお飲みになる？　スコッチでも」

麗華が、妖艶な笑みを浮かべる。場波は、いったい何をしにここに来たのか忘れそうだった。

「いえ、結構です。仕事中ですので」

場波は断った。

「遠慮なさらなくてもいいのに」麗華はうっすらと笑い、「美恵さん、コーヒーをお願いします」と部屋の奥に声をかけた。

しばらくすると、和服姿の年配女性が、ポットとカップを盆に載せ、運んできた。

家政婦の女性なのだろう。彼女は、カップを場波と麗華の前に置き、それにポットからコーヒーを注ぎ入れた。

「コーヒーならいいでしょう?」

麗華は、小指を立て、カップを持ち上げると、コーヒーを飲んだ。

「素晴らしいお宅ですね」

場波が言った。

「主人が古い家を外観はそのままに中だけ、リノベーションしたのです。でも2人きりですから、広くてかえって使い勝手が良くありませんのよ」

麗華が微笑した。

「外からは平屋に見えましたが」

どのくらい稼げば、こんな屋敷が持てるのだろうかとふと考えてしまった。警察官の給料では、100年かかろうと無理な相談だ。

「こだわりがありましたのでね。この家は主人のお父様がお建てになりましたから、どうしても残したかったのでしょう」

「さてご主人の件で、二、三お伺いしたいのですが、よろしいでしょうか」

「ええ、勿論ですとも。本当にひどい話です。いい人だったのに」

麗華は目頭をそっと押さえたが、涙をこぼしているようには見えなかった。

「何か心当たりはございますか?」

場波は聞いた。

「……」

麗華は無言で首を傾げていた。

「牛島さんはなぜあんな時間にあの場所に行かれたのでしょうか？」

「私にはなにもわかりませんわ」

麗華は静かに首を振った。

「誰かに恨まれていたとか？」

「そういえば許せない男がいるとか、言っていたような……」

麗華が首を傾げた。

「誰のことでしょうか？」

場波の問いかけに、麗華は立ち上がるとソファから離れ、サイドボードに近づいた。そして書類のようなものを手に持ってきた。

「これのことだと思います」

麗華は、その書類をテーブルに置いた。

「これは？」

場波は、書類を見た。写真付きの書類で、表紙には春山ゴルフクラブ改造計画と書かれていた。

「主人が愛してやまない春山ゴルフクラブの改造計画です。主人は大反対でした。なにせ主人のお父様が創設のメンバーでございましょう。この家を見てもおわかりのようにこだわりの強い人でしたからね。改造されるのは許せなかったのでしょうね」

「これは決定なのですか?」

「この計画は現在の理事長の田中徳太郎さんが強引にお進めになっていますね。クラブ内の反対派の声を抑えこまれたようです」

「お怒りだったのですね」

「そりゃあ、もう、『殺してやる』って言っていたことがありましたわ」

麗華の目線が強くなった。

「それは物騒ですね」

場波は、メモに田中徳太郎と書いた。

「田中さんは、自分の会社でコース改造をするって話なんですよ」

麗華は言った。

「それは事実ですか?」

「はっきりとはわかりませんが、この改造計画の書類も、田中さんのお声がかかった設計事務所がプランニングしたそうですから」

麗華が書類を指さす。そこにはアルファゴルフ設計事務所と書かれていた。

「田中さんとの間に、かなりの軋轢があったようですね」

場波の目に、家政婦の美恵が入ってきた。

「奥様、能代様がお見えになりました」

「こちらにお通ししてください」

麗華が答えた。「主人の甥ですの」

「姉さん」

大きな声をあげて、長身の男性が飛び込んできた。

「雄太さん、警察の方がお見えになっているから、お静かに」

雄太と呼ばれた男性は、場波を認めると、「あっ、すみません」と動揺を浮かべた。

「お邪魔しています」

場波は雄太に軽く低頭した。

「犯人のめぼしはついたのですか」

雄太は場波を見た。

「まだですが」

場波が答えた。

「雄太さん、そんなことより自己紹介くらいしたらどうなの」

麗華が呆れた顔をした。

「そうでしたね。私、能代雄太《のしろゆうた》と申します。牛島さんの姉が、私の母になります。ですから甥ですかね」

雄太は、長身で180センチはあるだろう。胸板が厚い。なにかスポーツをしているに違いない。年齢は20代後半から30代。

髪の毛は短く刈っているものの金色に染めている。襟付きのブルーのポロシャツにオレンジ色のスラックスを穿き、派手な印象で、口がわずかに開いているのでやや締まりのない顔つきに見えるが、まずまずの二枚目で、現代的な若者だ。

「彼は、ゴルフインストラクターをしていましてね。私の先生なのです」

麗華が雄太を見た。

「道理で、なかなか良い体格をされておられると思いました」

「先生と言われるほど、たいしたことはありませんが、レッスンプロのライセンスは取っているんですよ。母は離婚していたのですが、早く亡くなりまして叔父にあたる牛島さんの世話でレッスンプロになったのです。牛島さんは恩人なのです」

雄太はいかにも憤慨した表情になった。

「ところで牛島さんには弁護士はおられましたか？」

「顧問弁護士と言う意味でしょうか？」

「ええ、そうです。これだけのお屋敷ですからね」

「顧問弁護士は、赤坂に事務所のある山之内慎一郎先生です。主人の大学の同級生だということです。私は、よく存じませんが……」

麗華の表情がなぜか微妙に強張った。

「名刺を探しましょうか？」

「いえ、結構です。私どもで連絡を取りますから」

場波は、弁護士の名前をメモに取った。

「では、このへんで失礼します」

場波は立ち上がった。

「絶対、犯人を見つけてくださいね」

雄太が険しい表情で場波を見つめた。

「全力を尽くします」

場波は客間を出て、玄関ホールに向かう際に、背後を振り向くと、麗華と雄太が並んでいるのが目に入った。

場波は、2人に頭を下げた。2人も場波に頭を下げたのだが、雄太の手が、麗華の肩に触れていたのが、なぜか妙に気になった。それがなんとも親しげに見えたからだ。場波は、もう一度、頭を下げると、今度は振り向かず、玄関から外に出た。

@ファミレス　05.09.14:00

場波にはいくつも疑問が湧き上がった。思案げな顔つきで通りを歩いた。

なぜ、妻である麗華は、悲しみに沈んでいないのだろうか。遺体は、まだ警察にあるのだが、いつ戻されるかなど知りたいことが山ほどあるはずだ。しかしなぜ一言も聞かないのだろうか。あの雄太とかいう甥も、一見したところ憤ってはいるが、それほど狼狽しているようには見えない。自分の育ての親とでもいうべき牛島が無惨にも殺害されたのだ。もっと取り乱してもいいようなものだが……。

場波の視界の中に、1人の女性が入っていた。家政婦の美恵ではないか。先ほどは着物を着ていたが、今はジーンズにTシャツというラフなスタイルだ。

場波は小首を傾げた。

美恵が小さく手招きをしている。表情は堅い。場波は、美恵にゆっくりと近づいた。

「先ほどはどうも……」

場波は軽く低頭した。

「ちょっとご一緒できませんか。この先にファミレスがあります」

美恵が誘った。

「わかりました。ご一緒しましょう」

場波が答えると、美恵は、周囲に目を走らせ、急ぎ足で歩き始めた。

ファミリーレストランには数分で着いた。その間、美恵は一言も口をきかなかった。

美恵がファミリーレストランのドアを押し上げると、カランとカウ・ベルの音が店内に響いた。

客が来たという合図だ。ウェイトレスがすぐにやってきて「禁煙ですか、喫煙ですか」とお決まりの質問を口にした。

美恵が、場波を振り向いた。

「禁煙でお願いします」

場波は答えた。

ウェイトレスが注文を聞きにテーブルにやってきた。

「何になさいますか？」

場波は聞いた。

「それでは遠慮なくコーヒーを頂きます」

美恵は、きりりとした目線を場波に向けた。

和服を着て、牛島の屋敷にいた時は上品で地味な年配女性だと見えたが、目の前にいる美恵は、もっと若く魅力的な女性だ。美人というほどではないが、しっかりした印象を与える顔つきで、好感を持てる。

「ではコーヒー、2つ、お願いします」

場波は、ウェイトレスに注文した。そして美恵に向き直って「お話をお伺いしましょうか」と言った。

美恵はわずかに目を伏せた。何かを考え込んでいる様子だ。場波は美恵が話し始めるのを待った。

美恵がようやく顔を上げた。その表情は決意に満ちていた。

「亡くなった牛島様が、お可哀そうで、お話ししなければと思いました」

美恵の口調が激しくなった。

「実は奥様は不倫をされているのです」

「奥様とは、先ほど、お出会いした麗華さんのことですか？」

「そうです」

「あの方はとてもお若く見えますが……」

「再婚されたのです。前の奥様のことは存じ上げませんが、お亡くなりになって、麗華さんと再婚されました」

「それで不倫相手とは誰なのですか?」

「はい」

美恵は、場波を見つめた。

「教えてください」

「警部さんはお会いになっています」

「会ったことがある?」

場波は驚き、自分を指さした。その時、麗華の肩に手を添えていた能代雄太の姿が浮かんだ。

「まさか、あの甥?」

美恵が頷いた。

「本当ですか?」

「牛島様がおられない時に、能代様が訪ねてきて、何時間もお過ごしになっていたのを存じ上げています。その間、私は、いたたまれない気持ちで別室で控えておりました。牛島さんがお可哀そうで……」

美恵は目頭を押さえた。

「ところで牛島さんはどのような方でしたか」

場波は聞いた。

「とてもお優しい方でした」美恵は涙に潤んだ目で場波を見つめた。「奥様がお亡くなりになった後、紹介会社を通じて、牛島様のお世話をしているのです。もう15年ほどになりますね。麗華様とは、3年ほど前にゴルフ場でお知り合いになったようで……。売れないプロゴルファーだったようです」

美恵は、「売れない」を強く言い、唇を歪めた。よほど麗華が嫌いなのだろう。

「プロゴルファーでしたか？」

場波は呟いた。

「本当のことは存じません。そのようにお聞きしただけです。随分、強引に結婚を迫られたようで、牛島様はやむを得ず、まあ、そういうことになったようです」

「そうでしたか」

「能代様はゴルフのレッスンプロで、おそらくお二人は以前からのお知り合いではないでしょうか？　すぐにお親しくなられまして……。牛島様の目を盗んでお会いになっておられました……」

再び、美恵は涙を拭った。

「能代さんは、牛島さんの甥でしたね」

「はい、そのように伺っています。母親が、牛島さんのお姉様で、既にお亡くなりになっているということです」

「牛島さんには、お子さんはおられないのですか？」

「詳しくは存じ上げませんが、前の奥様との間にも、麗華様のとの間にもおられないと思います」

「すると牛島さんの財産は……」

場波が小首を傾げた。

「麗華様が全部相続なさいます」

美恵が、不味いことを言ったと思ったのか両手で口を押さえた。

「……能代さんが代襲相続される可能性もあると思います」

場波が言った。

「代襲相続？」

「ええ、相続は、本人が亡くなれば、まず常に配偶者、そして第1順位に子供ですね。第2順位は親など、そして第3順位に兄弟姉妹です。もし、兄弟姉妹が亡くなっていれば、甥や姪になるのです」

「すると能代様のお母様はお亡くなりになっているとの話ですから、能代様にも相続権があるってことですか？」

「法律的にはそういうことです」

「すると、麗華様と能代様で、牛島様の全財産を……」

美恵が再び両手で口を塞いだ。

「そういう可能性がありますね」

「恐ろしいですわ」

美恵の表情が険しくなった。

@流星市警察　05.19.16:00

場波は、美恵と別れて、流星市警察に戻って来た。道すがら、美恵はどうしてわざわざ場波を呼び止めてまで話しかけてきたのだろうかと考えた。

1つには、よほど牛島に大事にされていたため、早期の犯人逮捕に協力したいという純粋な気持ち、2つには、後妻の麗華が牛島を裏切っていることを許せないという思い。おそらく麗華が殺したと思っているのかもしれない。まったく可能性がないわけではないが……。さらには、美恵になんらかの思惑があるとも考えられる。それは今のところよくわからない。いずれにしても殺人事件が起きると、いろいろな人間の澱とでもいうようなものが、一気に浮かび上がって来る。それが事件の解決を早めてくれればいいのだが……。

場波は、牛島の豪邸を思い浮かべていた。かなりの財産家なのだろう。弁護士の山之内慎一郎に会ってみようと思った。

捜査本部のある部屋のドアを開けると、譲二が「警部、お待ちしていました」と席を立った。

場波が、席に座ると、譲二はメモを持って近づいてきた。

「聞き込みは、どうだった？」

場波が聞いた。

「報告します」

譲二は、メモを開いた。

「殺された牛島の評判は悪くはないですね。親の代からの古いメンバーで春山ゴルフクラブに対する愛着は人一倍強かったようです。支配人の白川は、牛島と現理事長の田中徳太郎が、ゴルフ場改造を巡って対立していたと話してくれました。メンバーの倉持によると田中が、自分の会社である田中土建や系列のアルファベット設計事務所を使って改造しようとしていることに、牛島が強く反発していたと言っています」

「田中には動機があるってことになるのか？　牛島が邪魔だから」

「そういうことになります。牛島さえいなければ、工事は思い通りになりますから」

譲二の意見に、場波は首を傾げた。

「北本先生から追加情報はあるか？」

「直接の死因は、水死です。肺に水が溜まっていました」

「というと、池に落ちたか、投げ込まれた時は生きていたんだな」

「残酷な話です。右、側頭部を固い金槌のような物で殴られています。頭蓋骨が陥没していたようですから、相当な衝撃でしょう」

「金槌のような物って、例えば……」

「見つかってはいませんがゴルフ場ですからゴルフのパタ−じゃないでしょうか？」

「ゴルフのパターか……。相当痛いな？　男の力で殴られたのか？」

「そうとも限らないと先生はおっしゃっています。パターならシャフトもありますから、少ない力でも振りまわせば、相当な衝撃になると思います」

「パターのような物で殴られ、池に落とされたのか？　パターが見つかればなぁ」

「池をさらいますか？」

「テレビ東京に頼むか」

場波は自分で口にした冗談に苦笑した。テレビ東京の番組に池の水をみんな抜くというのがあるのをつい、思い出してしまったのだ。

「無理でしょうね。私たちで探しましょう」

譲二は、場波の冗談を真面目に受け止めたのか眉根を寄せた。

「他には？」

「フロント係の国部香織が元キャディで現在、流星市駅前でスナックを経営している角野恵子《かどのけいこ》について話してくれました。国部も以前はキャディをしていました」

「どんな話だ？」

場波は興味を示した。

「これが非常に興味深いんですよ」譲二はにやりと口角を引き上げた。「角野恵子は、牛島と深い関係になったようなのです。それでクラブを退職し、流星市駅前でスナック『恵子』を開きました。牛島がスポンサーですが、実は2人の間に子供ができたのですよ」

「牛島に？」

場波は目を瞠った。牛島は先妻との間にも、後妻の麗華との間にも子供ができなかったのではないのか。不妊の原因が夫と妻のどちらに原因があるかはわからないのだが、もしその子供が、本当に牛島の子供であったならば、妻側に原因があったことになる。

「ええ、国部の話では、ちゃんとDNA鑑定もして正真正銘の牛島の子供だと証明され、認知もしているそうです」

「ほほう……」

場波は、なぜかため息が出た。事件の様相が複雑になる予感がしたからだ。

「子供は男の子で清といいます。今、15歳で流星市立中学3年生だそうです」

「随分、国部は詳しいな」

「ええ、相当、恵子と親しいようで、そのスナックの常連です」

「となると牛島の財産を清は相続できることになるわけか？　でもなぜ恵子を本妻に迎えなかったのか」

場波は疑問に思った。

「牛島は結婚をしたかったようですが、恵子が頑なに拒否したらしいです」

「それはなぜ？」

「恵子は、真面目な性格で、先妻が亡くなったのは、自分が牛島と不倫をし、子供まで作ってしまったからではないかと責任を感じたようです。牛島と先妻は、恵子のことでトラブルが続き、ある日、風呂場で心臓発作で亡くなったようですから。5年前のことです。68歳だったようです」

「その死に不審なことはないんだな」

場波は聞いた。

「それは……」

譲二は口ごもった。

「一応、調べてくれるか」

「わかりました」

譲二が了承した。

「すると、恵子が入籍を拒んでいる間に、麗華が3年前に妻の座を射止めたわけか」

「それについても国部が話してくれました。恵子が、牛島から聞いた話としてですが、『子供ができたから』と結婚を迫ったようです。麗華は、ゴルフ好きの牛島と何度もラウンドレッスンをしていたそうですが、すぐに男と女の関係になったようです」

「牛島はなかなかの発展家だね」

場波は麗華の美しさを思い浮かべた。

牛島が亡くなったのは78歳。麗華との最初の出会い時期はわからないが、70歳を過ぎていたことは間違いないだろう。それでも若く美しい女子プロゴルファーと関係を結ぶだけの体力、精力があったことになる。

「そのようですね。金持ちには、ほっておいても女が寄って来るんでしょう」

譲二が吐き捨てた。先ほどまで牛島の評判は良好であると報告していたとは思えない。

「まあな」

場波は、不機嫌な譲二を気遣って曖昧な返事をした。

「それで子供は?」

「できなかったそうです。流産したとも、嘘だったとも……。牛島は、麗華に騙されたって怒っていたそうです。それにしても金持ちって薄情ですね」

「どうしたんだ? 急に」

「今日も春山ゴルフ場に行ってきましたが、殺人事件などなかったかのようにみんなプレーしていましたよ。人の生き死になんか関係ないって感じです。腹、立ちましたね」

譲二が表情を歪めた。

「まあ、そう機嫌を悪くするな」場波は、譲二をなだめた。「ところで牛島と敵対していた田中には会ったのか?」

「いえ、まだです。クラブに来ていないんですよ」

譲二が首を傾げた。

「そうか……。じゃあ、明日、田中土建に行ってみるか」

田中に牛島を殺害する動機があるかと考えてみると、確かにある。牛島がいなければ、田中はゴルフ場改造に関わる工事を自社で受注することができるからだ。しかし、それで牛島を殺すだろうか？

「今のところ、一番怪しいですからね」

　譲二が言った。

@田中土建　05.10.10:30

田中土建は新宿の高層ビル街の中にあった。その中でもひときわ高い新宿スカイタワービルの10階が田中土建のフロアーである。

場波と譲二はエレベーターであっという間に10階に着いた。

「よく稼いでいるみたいですね」

　譲二が光り輝くフロアーに足を踏み入れた瞬間に呟いた。

「そのようだな。今は、建築ブームだから」

　場波は出来るだけ無関心に答えた。場波は、普通の会社員家庭に生まれ、特段の財産と言えるものはない。譲二の幼いころの暮らしは場波と比較できない程貧しく苦しいものだっただろう。なにせ児童養護施設で育ったのだから。時々、嫉妬深くなることがあるのは、貧しく育ったことが影響しているのかも知れない。2人で飲むことがあれば、他人を羨むことは刑事にとってあまりいいことではないと話してやろう。嫉妬は、刑事の判断を迷わせるからだ。

「ここです」

譲二が、受付と表示がある場所に立った。そこにはパネルと電話があるだけだ。譲二は、電話を取り、パネル上に総務の表示をタッチした。

モニター画面にアニメ調のアバターが登場した。

最近は、なにもかもがＡＩになっている。昔は、受付の女性に美人がいると、事情聴取に来た会社の印象が良くなったものだが、と場波は残念な思いを抱いた。

「いらっしゃいませ。どちらにお繋ぎすればいいでしょうか」

アバターが機械的な声で言う。

「社長の田中徳太郎さんにお会いしたいのです。流星市警察の冨田警部と私、辺見です」

「少々、お待ちください」

警察と聞いて、アバターが慌てた様子になったように見えたのには少し笑った。

頑丈な扉が開いた。

小柄で、頭髪の禿げあがったやや貧相な男が現れた。

「警察のお方ですか」

男は、疑い深い視線を場波たちに向けた。

「はい」

場波は警察手帳を見せ、「私は警部の冨田。彼は巡査部長の辺見です」

譲二も警察手帳を見せた。

「ご苦労様です。私は、秘書の木佐平太《きさへいた》と申します。どうぞ、中へお入りください」

腰をかがめて場波と譲二を室内に案内した。

慌てぶりは何かが起きていると場波に想像させるには十分である。

執務室は、数人がいるだけだ。社員の多くは出払っているのだろうか。

「どうぞ、こちらへ」

木佐が応接室に場波たちを招じいれた。

特別、豪華な応接室ではない。ガラス張りで、音は遮断されているが、応接室内から執務室の様子が眺められる。少し落ち着かない雰囲気だが、執務室の様子が見えることで仕事が効率化するのだろう。

「すぐに副社長が参りますので」木佐が言うと間もなく、応接室のガラス越しに若い男の姿が見え、彼がドアを開け、入って来た。

表情が堅い。

場波と譲二は礼儀として立ち上がった。

男は、40代くらいだろうか。なかなかの美男で、スポーツをやっていたのだろうと思われる体格の良さだ。

「ご足労いただきましてありがとうございます。私は、副社長の田中徳一《たなかとくいち》です。どうぞおかけください」

徳一は、場波たちにソファに座るように促した。

場波と譲二は、再び、ソファに腰かけた。

目の前に徳一と、その傍に木佐が肩をすぼめるように緊張して座っている。

「警察の方が、社長にお会いになりたいと伺いましたが」

徳一が言った。

「はい、私たちは、田中社長が理事長を務められている春山ゴルフクラブでの殺人事件の捜査を行っております。それで田中社長にもお話を伺いたいと思いまして……。ところで副社長は社長のご親戚かなにかですか？」

「私は、田中徳太郎の長男です」

「やはり、そうですか。社長とお会いしたいのですが」

場波の質問に、徳一は困惑した表情で、「今日は会社に来ていないのです」と言った。

「ご不在ですか……、それは残念ですな」

場波が、さもがっくりしたように肩を落とした。

「どちらに伺えば、お会いできますかな」

「それが……」徳一は眉を顰めた。「どこにいるかわからないのです」

「どういうことですか？」

それまで黙っていた譲二が身を乗り出した。

「昨日、夕方5時ごろでしょうか。会社を出て以来、全く連絡が取れないのです」

徳一は、不安を帯びた顔で、木佐を振り向いた。

「社長は、ちょっと出て来ると言い残してお出かけになりまして……」

木佐が言った。

「どこへ行くとはおっしゃらなかったのですか？」

「ええ、ちょっとそこまでとおっしゃっただけで」

「車種は？」

「ベンツのマイバッハです」

「ほほう、最高級ですな」

場波は驚いた。ベンツの最高級車だ。

「全く行方に検討がつかないのですか」

譲二が聞いた。

「はい、申し訳ありません」

木佐が頭を下げた。

場波の携帯電話が激しく鳴った。

「すみません」

場波は、断りを入れ、スーツの内ポケットから携帯電話を取り出した。

発信元は、流星市警察だ。

「場波だ」

「すぐに春山ゴルフクラブに向かって下さいますか」

捜査本部の刑事が慌てている。

「どうしたんだ」

「死人です。まだ事件性はわかりませんが、亡くなったのは田中徳太郎理事長だと思われます」

「なんだって」

場波が声を荒らげた。

譲二が驚いて、場波を見た。

「なにか？」

徳一が聞いた。

「まだはっきりとはわかりませんが、田中社長のご遺体が見つかったようなのです」

場波は、携帯電話をポケットに収めた。

「ええ、なんですって！」

徳一と木佐が同時に声を上げた。それはまさに悲鳴だった。

@春山ゴルフクラブ　05.10.11:20

「発見者は、あなたですか？」

場波が青ざめた表情の女性に聞いた。

「はい、私です」

女性は、国部香織だ。すらりとした体形で、うりざね顔、銀杏のような形の切れ長目じりの美人である。譲二が事情聴取したフロント係だ。こんな美人だとは譲二の奴、一言も言っていなかった。

「発見した時の様子をお話ししてください」

譲二が香織に言った。

「こちらの方向に職員の食堂があるのですが、その先の農道に車が止まっているのが気になったのです」

徳太郎の車は、駐車場ではなく、そこから少し離れた農道に駐車していた。

この農道は駐車場から一般道に通じており、ここから出入りするメンバーや職員もいる。

「いつごろから停まっていましたか？」

譲二の質問に香織は首を傾げて、「ちょっと覚えていませんが……」と答えた。「高級車がなぜ？　と思って、ちょっと怖かったのですが、覗きに行ったら……」

香織は、両手で口を覆った。目が、慄いている。

「わかりました」

譲二はメモをしまった。これ以上のことを聞くのは、彼女にとっても辛いだろうと配慮したのだ。

香織は、低頭すると、「仕事に戻っていいですか」と断り、クラブハウスへ歩き去った。

場波は、名残惜しそうな顔の譲二を伴って車に向かった。北本がいた。

「先生、お疲れ様です」

場波は言った。

「ああ、警部」

北本は表情を曇らせた。

「排気ガスを取り込んだようですな」

「自殺ですか?」

場波は、車内を覗き込んだ。徳太郎は、ハンドルにもたれかかって死んでいた。顔色は、土気色で、目は閉じられていた。目を見開いた死体は、見慣れている場波でも気味が悪く感じることがあるから、幸いだった。

「それはまだなんとも?」北本は眉根を寄せた。「胃の内容物などを調べてみます。薬で眠らされて、自殺を装ったことも考えられますからね。それから車内からこれが」

北本がビニール袋に入れた便箋を見せた。

「『お世話になりました。ありがとうございました』」

場波が読んだ。田中徳太郎という自筆らしき署名がある。便箋にも田中土建の表示がある。

「遺書ですか?」

譲二が覗き込んだ。

「どうだろうね」

場波は首を傾げた。もし遺書なら、もう少し何か書きそうなものだが……。

「田中は、牛島と対立していた。それで牛島を殺してしまったことを後悔して、自殺……。こんなところですかね」

譲二がしたり顔で言った。

「まあ、そう、結論を急ぐな」

場波が注意した。

「ロッカールームなど田中の私物を調べましょうか」

譲二が提案した。

「そうだな」場波は言い、「先生、後はよろしくお願いします」と北本に軽く手を挙げて挨拶をした。

クラブハウスに行くと、支配人の白川が待っていた。

「ロッカーに案内してくれますか？」

「わかりました」

白川は、いかにも辛いといった表情だ。心中を察するに余りある。数日の間に、主要なメンバーが2人も亡くなったのだから当然のことだ。

白川は、場波たちをロッカールームに案内した。

木の香りがするほど柾目の通った美しいロッカーが並んでいた。

「ここです」

ロッカーには「田中徳太郎」というナンバープレートが掲示されていた。

白川が緊張した表情でマスターキーをロッカーに差し込んだ。メンバーは暗証番号で開けるのだが、職員たちはマスターキーを使う。

カチッという音がした。戸が開くと、何かが倒れてきた。パターだ。

「うん？」

場波は、ポケットからハンカチを取り出し、パターを拾い上げた。ヘッドの部分に何かがこびりついているように見えた。

「譲二、これは？」

場波は譲二にパターのヘッドを向けた。

「血が乾いたみたいですね」

譲二の表情が強張った。

「鑑識にまわしてくれ」

場波は指示した。これが牛島の血ならば、凶器と断定できる。

「このパターは田中さんの物ですか？」

「そうだと思います。スコッティキャメロンの最高級品です。良く自慢されていました」

白川が神妙な顔つきで答えた。

「わかりました。これはお預かりします」

場波が言った。

ロッカーの中には、ゴルフ道具以外には、特別な物は何もなかった。

牛島を、このパターで殴った後、ここに隠したというのだろうか？

「どうかされましたか？」

場波は、白川が怪訝そうな顔をしているのに気づいた。

「ええ、はぁ……。勘違いかもしれませんが、このパターが無くなったと慌てられていたように記憶しているものですから……」

「無くなっていた？」

「はい。先週のことですが、パターが無くなったんだよ。だから今日は別のを持ってきたと言われていました。ですからゴルフ道具の中に、ちゃんとパターがありますよね」

白川は、ロッカーに保管されていたゴルフ道具の中のパターを持ち上げた。そこには確かにパターがあった。

「不思議ですね。無くなったパターがロッカーにあった。それも……凶器らしき物として。このロッカーは職員さんなら誰でも開閉できるのですか」

「ええ、まあ、このマスターキーがあれば」

「マスターキーは誰でも使えるのですか？」

「一応、私とフロント職員であれば……」

「フロントねぇ」

場波は呟いた。

@捜査本部　05.10.17:30

見つかったパターに付着していたのは、ＤＮＡ鑑定の結果、牛島の血液だった。皮膚の一部、そして毛髪なども付着していた。それらも牛島の物だった。これで凶器は確定した。

グリップの部分の指紋は徳太郎の物だった。他の指紋もあるにはあったが、明瞭ではなかった。おそらくキャディの指紋だろう。

田中が、あのパターで牛島を殴ったのだろうか？　なぜパターヘッドの血痕などを拭わなかったのだろうか。池に投げ込んでおけば発見されることはなかっただろう。それを自分のロッカーに入れておくなどというのは、これが凶器だとこれみよがしの印象を受ける。犯人は、徳太郎のロッカーから凶器のパターが見つかることを想定していたのではないだろうか。

徳太郎は、パターが無いと騒いでいた。犯人は、徳太郎のパターを盗んで、牛島殺害に及んだのだろうか。

それともパターが無いと騒いだのは、自分の犯行を隠蔽するための演技だったのだろうか。

いずれにしても全てを闇に葬るかのように徳太郎は死んだ。犯行を後悔しているのか、どうかわからないが、「お世話になりました。ありがとう」のメッセージは、本当に遺書なのだろうか。

場波は、捜査本部で推理を働かせていた。

「警部、警部」

譲二が息せき切って入って来た。

「どうした？　何を慌てているんだ」

「いい情報です」

譲二は、場波の正面に立つと、どや顔というべき自信たっぷりだ。

「話してくれ」

「はい」譲二は、メモを取り出した。「能代雄太の情報です」

「牛島の甥だな」

「はい」譲二はメモに目を落とした。「この男、相当な食わせ者ですよ。ゴルフのインストラクターですが、ギャンブル好きで、借金があるみたいです。それに牛島の支援を当てにしていたのか、銀座にインドアのレッスン場を開設しています」

「銀座に？　かなりの投資だろうな」

場波の問いかけに、譲二はしてやったりという満足げな顔になった。「その通りです。投資額はわかりませんが、銀座の8丁目のビルですから、億単位の投資でしょうね。ところが上手く行っていないみたいです」

「ギャンブルに投資の失敗か。火の車だな。ところでどこからそんな情報を得たんだ」

「奴《やっこ》さん、叔父さんが殺されたっていうのに悲しむ様子が無かったじゃないですか」

譲二は憤慨した様子で言った。

「ああ、その点では、後妻の麗華も同じだな」

場波は言った。

身内の死は、寿命が尽きて亡くなる場合でも悲しいのに、今回のように殺害という異常な死ならば、もっと激しい感情が現れてもいいのだが、甥の能代雄太と後妻の麗華からは悲しみが伝わってこなかった。

「それで何かある、と思って情報を集めたんですよ。インストラクター仲間の情報ですが、金に困っているようです。金持ちの叔父を当てにしていたが、最近、渋くなって困ると愚痴をこぼしていました。それだけじゃなく、その筋からも脅されている気配があります」

「暴力金融か」

「そうです。厳しい取り立てにあっているのですね。レッスン中にも携帯電話が鳴って、頭をペコペコしているのを見た人間がいます」

「家政婦の美恵が話していたが、麗華との不倫の噂は確かなのか」

「その点については確たる情報はありませんが、麗華が銀座のレッスン場に頻繁に来ていることは事実です。それに春山ゴルフクラブでも能代からプライベートレッスンを受けています」

「能代は、春山ゴルフクラブでもレッスンをしているのか?」

場波は、何かひっかかるものを感じた。

「ええ、所属しているわけではありませんが、牛島の甥ということでレッスンを認められているようです」

「田中徳太郎も生徒なのかなぁ」

場波が小首を傾げた。

「ちょっと待ってください」

譲二がメモを繰った。

「はい、田中も生徒ですね。これはキャディから聞いたのですが……」

「そうか……」

場波は目を閉じ、しばらく考えていた。

「能代は、田中のパターを盗む機会はあったわけだ」

「そういうことになります」

譲二は、メモをスーツのポケットにしまった。

「能代も容疑者ですか？」

「あらゆる人間が容疑者でありえる。能代も、麗華も、支配人の白川も、家政婦の美恵も誰もかもが怪しい」

場波は自分に言い聞かせるように呟いた。

「最も怪しい田中徳太郎の名前が出ないですね。田中のパターが凶器だったのでしょう？　田中は、コース改造に絡んで、自分の会社を使ってひと儲けしようと企んでいた。ところがそれに強行に反対していたのが、牛島です。それで話し合いをしようとでも考えて、呼び出したところが揉めてしまった。それでガツン」

譲二は、パターを振りまわす真似をした。

「殺してしまったと思った田中は、慌てて、牛島の体を池に落とした……」

「そのことに後悔して、遺書を残して自殺したって言うのかい」

場波がにやっとした。譲二の推理に全く納得していないという風だ。

「そうじゃないんですか？　一件落着」

譲二が得意そうに親指を立てた。

「それならどうして能代なんかを調べているんだ」

場波の問いに、譲二が困ったような顔になった。

「そうなんですよね。私もどこか納得ができなくて。田中が犯人ならあまりに単純すぎますしね。どうしてロッカーにパターを入れたままにしていたんだろうって」

「おそらく田中も自殺に見せかけて殺されたのではないか」

場波は渋面になった。

「えっ、そうなんですか？」

譲二が驚き、目を瞠った。

「まだわからんがね。北本先生が、田中の遺体から何かを発見してくれるかもしれんな」

場波は、立ち上がった。

「これから女房と飯に行く。今日は帰るぞ」

「いいですね。ごゆっくり」

「君はどうする？」

「私、ですか？」

譲二は自らを指さした。

「寂しい独身男ですから、一人でここで出前の飯でも食いながらもう少し事件を整理してみます。田中も殺されたというなら、いったい誰がって……」

「じっくり考えてくれ。じゃあな。あまり遅くなるんじゃないぞ」

場波は、捜査本部を後にした。流星市警察署の明かりは、煌々と夜を照らしている。この明かりが、人の心の闇を照らしていれば、犯罪はもっと少なくなるだろうと思った。

@割烹料理屋　05.10.18:00

「久しぶりね。あなたと2人でこんな割烹で食事をするなんて」

好美が目を細める。

「そうだな。食事をしていても、事件が発生すると、すぐに呼び出されるからな」

「このお刺身、美味しいわ。蛍烏賊と桜鯛なんてね」

好美は箸が止まらない。

場波は、菊正の熱燗を飲みながら、焼きタケノコを口に運んでいた。

流星市駅の近くの割烹居酒屋「いち太」である。店主が、太一という名前に由来する。評判がいい店で、カウンター7席だけなのでなかなか予約が取れない。

「どうなの、例の事件は？」

好美が好奇心を顕にしてきた。

「春山ゴルフクラブの件は、進展があるようで、ないな」

「頼りないわね」

好美は、不満そうに口をへの字に歪めたが、目の前に置かれた椀の蓋を取った途端に「わぁ」と感嘆の声を上げた。

「いい香りね」

椀は、帆立の真丈の清まし汁仕立てである。木の芽と淡い桜色のゆり根が添えられ、春の景色を見立てている。

「2人も亡くなったんだよ」

場波は、アオリイカの刺身をつまんでいた。春が旬だ。

「事件は、金と女ね」

好美が知ったようなことを口にする。

「殺された人の奥さんが悲しんでいなかったって言うんでしょう」

「ああ。不思議だった」

場波は、麗華を思い浮かべていた。

「その人、再婚なんでしょう。それに若い……」

場波は、事件の概要を好美に話していた。秘密漏洩に問われない程度だ。好美から別の視点で、事件解決のヒントを提供してくれることがあるからだ。

「亡くなった牛島とは、かなりの年齢差だな。３０歳は離れている」

「すごいわね。確実に、愛より金ね。とっくに冷めているのよ。愛なんてね。まあ、最初からなかったかも？　それに甥っ子と不倫している疑いがあるのね。いやぁね。牛島さん、可哀そう」

「でも殺す理由があるかな。妻だから黙っていても遺産は転がって来る。甥の能代にしても代襲相続の権利がある」

麗華と雄太は、間違いなく怪しいと場波は考えていた。しかし、なぜ牛島を殺す必要があるのだろうか。

「そうね……」

好美は、箸を置き考え込んだ。

「ちょっといい？」

好美は、盃に自ら酒を注ぎ、一気に飲み干した。そして「ねえ」と場波に顔を寄せた。

「なんだと。酒を飲んだら、いい考えでも浮かんだというのか？」

「そうよ。牛島さんと奥さんは結婚が破綻していたとするでしょう？」

「ああ、仮定じゃなくて破綻していただろうな。あの様子では」

「すると、牛島さんはどうすると思う？」

「さあな、俺には愛する嫁さんがいるからな」

場波はにやりとし、好美を見つめた。

「馬鹿、わからないわよ。女は恐いんだから」

好美は意地悪そうな笑みを浮かべた。

「冗談はさておき、牛島の話に戻そうか」

「冗談じゃないわよ」

好美は、少し怒ったような顔を見せた。

「私ね、牛島さんは財産を奥さんに渡したくないと考えるはずだと思うのよ。ましてや甥にはね」

「そんなことできるのか」

「遺言よ。遺言で、全財産を誰か別の人に譲るってすればいい。それでも奥さんには、法定遺留分というのが渡るけど、圧倒的に少なくなるし、甥にはなにも渡らないわ」

「そうか……」場波は、小首をひねった。「遺言か……」

場波は好美を見た。なかなか良いヒントを与えてくれるではないか。すぐにでも弁護士に会わねばならない。

「牛島さんの財産ってどれくらいかしら」

「さあな、俺よりは多いだろう」

「当たり前じゃないの」

好美は、ぷっと吹き出した。

「財産の無い分、心配が少なくていい」

場波は、平目の昆布締めを口に放り込んだ。平目と昆布の甘みがじわっと口中に広がった。

@山之内事務所　05.11.0:00

場波は牛島の弁護士、山之内慎一郎の事務所に急いでいた。

「田中の体からはジフェンヒドラミンが検出されました。これは処方薬のサイレースなど、強力な睡眠薬に含まれるものです。田中は、誰かに睡眠薬を飲まされ、自殺を装って殺されたってことですか」

譲二が息を切らせながら急ぎ話す。

「まだわからんな。自分で睡眠薬を飲んだかもしれないだろう。田中が、睡眠薬を処方されていたのか、調べる必要があるだろうな。田中の周辺を調査してくれ」

田中はどうして強引に自社を使ってコース改造を進めようとしたのだろうか。牛島たちのような古いメンバーの意見を尊重してもいいようなものだが……。田中土建の業績を上げたいためだろうか？

「調査します。でもあのパターは凶器で間違いないでしょう？」

「そうだ。しかし、それを自分のロッカーに隠すか？　いずれにしても2件の死体が出た。私たちは、それぞれの死者の怨念を晴らすために捜査しないといけない」

場波は言い、視線を上げた先に山之内の事務所が入る赤坂メインストリートビルがあった。

名前はメインストリートだが、外堀通りに面しているわけではない。みすじ通りだ。赤坂には数本の名のある通りがある。それぞれがメインストリートと自負しているのだろう。

「警部」

譲二が、場波のスーツの裾を捉まえた。場波は立ち止まった。

「あれ」

譲二が指さす先に男女が見えた。

「あれは麗華と能代です。今、あのビルから出てきました」

場波と譲二は、通りのビルの陰に隠れた。

「おそらく弁護士事務所を訪ねたのでしょう。なにやら言い争いをしているみたいですね」

2人は、ビルを出たところで口論している。美形の麗華の顔が歪んでいる。何を言い合っているかは聞こえない。麗華が雄太の胸を両手でつついた。雄太が、後ろにのけ反る。雄太は、抵抗する様子もない。麗華が大股で場波たちとは反対方向に歩き始めた。その後を雄太がついて歩く。

「跡をつけてくれるか」

場波が譲二に言った。

譲二は、指でOKサインを作ると、ビルの陰から通りに出た。

場波は、譲二の姿が見えなくなったのを確認して、山之内の事務所に向かった。

ビルは、古びた雑居ビルだ。お世辞にも見栄えがするとは言えない。

エレベーターで5階に上る。ドアが開くと、目の前に「山之内弁護士事務所」の表示のあるガラスドアが見えた。

場波は、ドアを開けた。

椅子に背を持たれかけ天井を仰いでいる男がいる。場波が入ってきたことに気づかない。

頭髪は薄くなっており、黒ぶち眼鏡をかけた顔は頬骨が出て、やつれた印象だ。

「すみません。よろしいでしょうか」

場波が声をかけた。

男は、お化けでも見たかのように身体を起こし、目をかっと見開いた。

「なにか、用か」

男が掠れた声で言った。

「こういう者です」

場波は警察手帳をかざした。

「警察か？　牛島のことだな」

「そうです。山之内さんですね。少し、お話ししたいのですがいいですか？」

「ああ」

山之内は中に入るように顎で指示した。横柄な態度だ。

時々、こういう態度を取る人間がいる。これみよがしに警察なんて怖くないということを示したいのだろう。しかし、得てしてこういう態度を取る者に、皮肉にも警察を怖がる者が多い。

しかし、山之内は、そのタイプではなさそうだ。普段から警察をものともしていないようだ。

場波は、事務所の中に入り、山之内の傍にあった椅子を手に取って寄せ、それに腰かけた。

「さきほどまで牛島さんの妻の麗華と甥の能代雄太が来ていませんでしたか」

場波の問いに、山之内の表情が険しくなった。

「来てましたよ」

「彼らの目的はなんでしたか？」

場波の問いに、間髪いれず、「あいつらは人間のクズだ」と吐き捨てた。

「ほほう」

場波は感心した素振りを見せた。

「人間のクズですか」

「金のことばかりだ。牛島が死んだことなんかちっとも悲しんでいない。俺は、牛島とは大学の同期だった。一番、仲が良くてな。あいつは親の財産もあったものだから、俺が司法試験に受かるために、どれだけ応援してくれたか。独立して事務所を構えるのにも応援を惜しまなかった。それが突然、殺されたっていうじゃないか。警察はなにをぐずぐずしているんだ。早く犯人を上げろ」

山之内は、場波を睨んだ。

「牛島さんの財産はいかほどですか」

場波の問いに、山之内は「そうですなぁ」と呟き、思案げに天井を見上げた。

「70億円はあるだろう。不動産、貴金属、株などを合わせると……」

「結構な額ですね」

「ああ」

「亡くなりますと、奥さんの麗華さんに75％、甥の能代さんに25％が渡るわけですね」

「法律的にはそうなる」

「といいますと……」

場波は首を傾げた。

「遺言がある」

「何が書いてあるのですか？」

「見せられません。さっきの奴等も見せろと言ったが、断った」

「麗華と能代が見せろと言ったのですね」

「そう。遺言のことが気になって、ここへ来た。期日には公開するがね」

「期日というと？」

「今、ある人と連絡を取っている。それが取れ次第、開示するつもりだがね」

「角野恵子と息子の清ですね」

場波が言った。山之内が、驚いた顔になった。

「ご存じですか」

「ええ」

「さすが警察だなぁ」

「もう一度、頼みますが、遺言内容を教えてくださいませんか?」

「先ほども申し上げたように、お見せすることはできません。しかし捜査の一環とあらば……」

山之内はじろりと目を剥き、場波を見た。

場波は、軽く頷いた。

「わかりました。お教えしましょう。拒否して、令状でも持ってこられた分には面倒なことになりますからな」

山之内は口角を引き上げ、わずかに笑った。

なかなか食えない弁護士だと場波は思った。そして牛島と親しかっただけに、麗華と雄太に良い感情を抱いていないのだろうと推測される。

山之内は、机の背後に置かれていた金庫を開けると、中から木箱を取り出した。それを机の上に置く。蓋を取り、書類を取り出す。

「これは、私と公証人が立ち合い、作成した正式な遺言です」

山之内は、遺言書を場波に差し出した。

「拝見します」

場波は書類を開いた瞬間に「おおっ」と声を上げ、山之内を見た。

「ええ、財産を全て角野恵子と清に譲ると書いていています。財産目録は別途添付されています」

「すると?」

場波は、山之内を窺うように見つめた。

「牛島は血縁の薄い男で、相続する者が妻だけなら麗華が１００％ですな。しかし甥の能代がいますから、先ほど警部さんがおっしゃった通り麗華７５％、能代２５％となります。能代の分は代襲相続というものです」

山之内は淡々と説明した。

「しかし牛島さんには、愛人と子供がいた」

場波は、山之内を見つめた。いよいよ牛島殺害の核心に続く事実を聞くことができると、興奮を抑えきれない。

「ええ、角野恵子さんと息子の清君です。２人ともとても素晴らしい人物です。牛島は妻に恵まれない男でしてね……」

山之内は在りし日の牛島を偲ぶかのように目を細めた。

「牛島は、先妻を亡くした後、当時、春山ゴルフクラブのキャディをしていた恵子さんと親しくなり、清君が生まれた」

「牛島さんは、子供に恵まれませんでしたが、失礼ですが……」

場波は小首を傾けた。

「清君が、牛島の本当の子供だとお疑いの様子だが、間違いはない。ＤＮＡ鑑定も行いましたからな」

「ほほう」

場波は感心したように呟いた。

「どうしてそこまでしたのですか？」

「牛島は、恵子さんを妻に迎え入れたいと切望していた。しかし恵子さんは、『あまりにも勿体ない話』であると拒否したんだ。恵子さんは、非常に謙虚な人柄で、私も信頼しています。恵子さんを後添いにすればいいと私が勧めたくらいですからな。しかし恵子さんは、牛島の援助でなんの苦労もない生活をさせていただいている、これ以上のことは望まないとおっしゃってね……。それでも清君だけは認知してもらえないかと希望されました。清君も15歳になり、将来のことを考えてのことだね。それならばと牛島は恵子さんの希望を受け入れ、清君を認知することにしまして、疑うわけではないが、後で問題になっても困るのでＤＮＡ鑑定を勧めた。それで間違いなく牛島の子供であることが認められたので、認知したのだよ。去年のことです。恵子さんは喜んでおられましたな。勿論、牛島もね」

「そうなりますと、相続はどうなるのですか？」

場波の問いかけに、山之内は眉根を寄せ、やや渋い表情になった。何か問題を抱えることになった表情だ。

「恵子さんは愛人なので特別なことがない限り相続できない。清君は嫡出子と同様に相続できる。麗華50％、清君50％となります」

「特別なこととは？」

「この遺言です」

再び山之内は渋面を作った。

「遺言で恵子さんと清君に遺産を全て相続させると書き残したら、恵子さんにも相続財産が渡ることになる」

「すると麗華や能代にはなにも渡らないのですか?」

「争いになる可能性はあるが、一般的には麗華には法定遺留分の半分、即ち50%の半分の25%は渡ることになるだろう」

「能代には?」

「甥は代襲相続だから法定遺留分はない。ゼロになる」

「ゼロ?」

場波は目を瞠った。そしてわずかににやりとした。

「2人は、恵子さんと清君の存在を知っているのですか? 認知したことも」

場波は聞いた。

「恵子さんが頑なに後添いになることを拒否していたため、牛島は長く独身のままだった。そこに麗華が近づいて来た。ゴルフ好きの牛島は元プロゴルファーの麗華に魅了された。その結果、麗華はまんまと妻の座を獲得した。私は、春山ゴルフクラブに所属していたレッスンプロの能代とは、牛島と結婚する前から深い関係があったと睨んでいる」

「2人で、牛島さんの財産を奪おうと考えていたお考えなのですね。でも、仮に牛島さんが麗華と結婚せず、相続人が甥の能代だけだったら彼が1人で相続できるのではないですか?」

場波は首を傾げた。

「相続人が能代だけならそうでしょうね。牛島は年齢も年齢でしたから、牛島が老衰で亡くなれば、余計なことをしなくても財産は相続できたでしょうね。だから牛島の財産を目当てに能代は、ギャンブルや下らない投資に明け暮れ、失敗を重ねて、借金で身動きできなくなっていた……」

「そこで早く金が欲しいと考えた能代は、関係のあった麗華を後添いにして、2人で共謀して財産を奪おうと考えたのですかね？」

「その可能性もあるが、牛島は能代の放漫さに呆れて、彼には財産を譲りたくないと考えていたのだよ。その相談も受けていたからね」

「そのことを能代は知っていたのですか？」

場波の問いに、山之内は頷き、「清君の存在も認知のことも知っていた。牛島が能代に話したのだろうね」

「すると遺言のことも？」

「牛島には遺言のことは秘密にするように忠告していたのだが、今日の2人の様子からすると、遺言のことを知っていたのは間違いないね。〝お前には財産を残さないように遺言する〟くらいは言ったのだろうね。麗華のことに関してもあんな女とは離婚すると、牛島は怒っていたからね」

山之内は険しい表情で場波を見つめた。

「これはあくまで私の推測ですが、麗華は離婚を持ち出されたり、能代は相続させないと言われたり、2人は牛島さんとの関係が悪化していた。認知した清君や遺言の件も気がかりだ。このままでは財産を相続できないかもしれない。焦った2人は共謀して牛島さんを亡き者にして、遺言を作成される前に財産を奪おうと考えた……。」

場波は、山之内を見つめた。この推測は成り立つのかと目で聞いた。

「……考えたくはないですが、その可能性は高いでしょう。2人は、遺言を残したのかどうか聞きたいと迫ってきたからね」

山之内は出会った時間中で、最も深刻な表情で答えた。

@流星市警察　05.11.20:00

流星市警察署の刑事課で場波は譲二と向かい合って缶ビールを飲んでいた。周囲には誰もいない。

「すると、2人はかなりいがみ合っていたんだな」

譲二は、山之内の事務所から出たきた麗華と雄太の後をつけた。2人は、事務所近くのカフェに入った。かなり深刻そうな顔で向かい合っていた。

「その内、周囲を気にせず時々、怒鳴り声が聞こえてきました。『どうするのよ』とか『何もかもあんたがバカな投資をするからでしょう』とかね」

譲二は2人の様子を見振り、手振りで面白おかしく話した。

「そして麗華が椅子を蹴って立ち上がり、ぷんぷんと怒って出て行きました。能代は、その場で項垂れて、しばらくじっとしていましたね」

「2人に気づかれることはなかったな」

「大丈夫でしょう。2人ともかなり興奮していましたからね。周囲に目を配る余裕はなかったでしょう。ところで警部の話を聞いたら2人は怪しいですね」

「2人は、遺言を書き残されない前に牛島を殺そうとしたと考えられる」

「しかし、愛人との間に生まれた清は認知され、遺言も残されていた。全ては手遅れだったということですね」

「牛島が2人にどの様に話したかは推測するしかないが、清君のことや遺言のことを2人への脅しに使っていたのかもしれない」

「認知するぞ、遺言を書いて2人には何も残さないぞと言ったのですね」

「ああ、特に甥の能代に真面目になって欲しいとの思いがあったかもしれない。麗華とは、本気で離婚を考えていたのだろうな」

「2人から正式に事情を聴き、とっちめますか」

譲二が勢い込んだ。

場波は考え込んだ。

「そうだな……」

「田中の死とどう結びつくのか？　凶器は田中のパターだ。それは田中のロッカーから見つかった……」

　譲二も一緒に考え込んだ。譲二は、缶ビールを飲み干し、ぐにゅっと空き缶を握りつぶした。

「能代は、春山ゴルフクラブのレッスンプロですね」

「そうだ」

「牛島と田中との関係悪化を知っていた。そこで田中に罪を着せようとパターを盗んで、それで殺害した。そして、パターを田中のロッカーに戻した。その挙句、田中を自殺に見せかけて殺した。能代は、必死ですよ。借金の取り立てで、面倒な連中からも脅されていた。人間、追いつめられると何でもやるんです」

　譲二は、自信たっぷりだ。

「麗華の役割は、どう考えているんだ？」

　場波が言った。

「麗華も離婚させられたら全てがオジャンですから、計画は麗華が立てたんじゃないでしょうか。牛島を夜のゴルフ場に誘ったり、田中を呼び出したりするぐらいのことはしたかもしれません。ところが全て上手く行くと思っていたのですが、山之内弁護士から、それとなく清君の存在や遺言書の内容を示唆され、手遅れだと知って２人は仲違いしたってストーリーです。どうですか？」

　譲二は場波を見つめた。その顔は、猟犬に近い。早く麗華と雄太を警察署に呼び込み、自白させたい気持ちに逸っているのだ。

「2人を任意で事情聴取して事件当日のアリバイを調べよう」

場波が大きく頷いた。

「やりましょう!」

譲二が破顔して、「缶ビール買ってきます」と立ち上がった。

場波は、譲二と違って浮かない顔をしていた。

@スナック恵子　05.12.15:00

場波は、スナック「恵子」に来ていた。角野恵子に会うためだ。店がオープンする前に場波は入店した。

「流星市警察の冨田です」

警察手帳を恵子に見せた。恵子は、スナックのママにありがちな派手さはなく、どちらかと言えば控えめな印象だ。

ただし服装は、淡いピンクに鮮やかな花が咲き乱れる艶やかさの中にも品のある図柄の着物を着こなし、小さめの顔に、涼やかな瞳が特徴的だ。とっつきにくい美人ではなく、幼ささえ感じさせる。

「牛島さんのことですね」

恵子は目を伏せた。

「ええ、残念ですが、まだ犯人の目星はついていません」

場波は、カウンターに並ぶ、椅子に腰かけた。

「何かお飲みになりますか？」

「仕事中ですから、結構です」

場波が断ると、恵子は丁度良い温度の茶を出してきた。

「牛島さんとは……」

恵子は話し始めた。

春山ゴルフクラブにキャディとして勤務していた頃、牛島と知り合い、親しい関係になったこと。妻に迎えたいと懇願されたが、先妻にも世話になったことから、彼女に遠慮して断ったことなどだ。

「牛島さんは、私にこの店を持たせてくださいまして、お客様をご紹介してくださるなど、応援してくださいました」

恵子は目頭をそっと押さえた。

「後妻に麗華さんが迎えられましたが、あなたとの間に揉め事はなかったのですか？」

場波の質問に、恵子はやや険しい目つきで「揉めるなんて、ありません」ときっぱりと言った。「私は、心から良かったと思いました」

「でも麗華さんは、妻としてあまりふさわしい人ではなかった……」

場波の言葉に、恵子は目を伏せた。

「ええ、麗華さんにはご不満があったようですね。詳しいことは存じ上げませんが」

恵子は場波を見つめた。麗華のことについては知っているが、追及しないで欲しいと訴えているようだ。

「清君のことは？」

「警察はなんでもご存じなのですね」

恵子は薄く笑みを浮かべた。

「清は私一人で育てる決意だったのですが、将来を考えますときちんと父親がいればいいと思いまして牛島さんにご相談したのです。以前から、認知してもいいとおっしゃっていたものですから」

「認知してもらえたようですね」

「はい、お陰様で」

恵子は笑みを浮かべた。

「遺言のことはお聞きになっていますか？」

場波の言葉に、恵子は目を瞠り、息を詰まらせた。

「どのようにお答えすればよろしいでしょうか？」

困惑の表情だ。

「ご存じのことをありのままにお話しください」

「牛島さんから少し伺いました」

恵子は目を伏せた。

「私は驚いて、そんな遺言は残さないで下さいと申し上げました」

「なぜですか？」

場波が聞くと、恵子の表情が固まった。

「なぜって不吉な予感がするじゃないですか？　麗華さんがいらっしゃるんですから」

「まあ、そうですね。ところでこのことを誰かに話されましたか？」

場波は恵子の表情のわずかな動きも見逃さないかのようにじっと見つめた。

恵子は、うつむき、口を閉ざし、何かを考えている様子だ。

そして顔を上げた。

「私、怖かったのです。それで仲の良い友達に相談しました。遺言で財産を譲られることを断るべきかって……」

「仲の良い友達というのは誰ですか？」

「春山ゴルフクラブで働いている国部香織さんです。昔から何かと相談に乗ってもらっています」

「フロント係の女性ですね」

「はい」

恵子は表情を曇らせ、頷いた。

場波は、香織の切れ長な目尻の涼やかな顔を思い浮かべていた。

@取調室　05.12.15:00

「殺したのか?」

譲二が取調室で、能代雄太に迫っていた。

「やってませんよ。やるはずないじゃないですか」

雄太は、悲鳴のような声で答えた。

「ずいぶんと借金があるじゃないか。それで牛島が死ねば、財産が転がり込んでくると考えたんだろう。お前の関係している先に話を聞いたら、『叔父さんが援助してくれるから大丈夫だ』っていつも言っていたそうだな」

「ええ、まあ」

雄太は半泣きの表情だ。

「ところが牛島は、お前を見限った。それで麗華と共謀して殺したんじゃないのか。お前、麗華とできてんだろう?　世話になった牛島の女房を寝取るなんて畜生にも劣る奴だ」

「ひどい言いようじゃないですか。でも殺してはいませんよ。麗華とは……」

「わかっているよ。お前は、以前から麗華と関係があった。同じゴルフ関係者だからな。それで麗華を牛島に紹介して、いずれは2人で牛島の財産を分捕ろうって算段だったのだろう」

譲二の詰問に、雄太はたじたじとなり「そこまで調べられているんですか」と言った。

「お前は、牛島と対立していた田中に罪を着せるために、田中のパターを盗んで、それで牛島を殴って、池に沈めた。そして田中まで自殺に見せかけて殺したってわけだ」

譲二は、身を乗り出し、顔を雄太にぶつけるほど近づけた。

「めちゃくちゃ言わないでくださいよ。私は……」

雄太は涙を流し、洟をすすり上げた。

「確かに麗華と組んで叔父の財産を頂こうと計画を立てていました。それはあくまで叔父が老衰で亡くなることが前提でした。ところが叔父は老いてますます元気で、なかなか亡くなりそうにもない。ゴルフ場で歩いてプレーしているからでしょうね。カートには絶対に乗らない主義でしたから。１００歳でエージーシュートするって笑っていましたからね。もしそうなると私は５０歳を過ぎ、麗華は６０歳を過ぎてしまいます。下手すると、こっちの方が先に死ぬかもしれない。私は借金が嵩んでいましたから、計画を修正しないといけないと麗華と話しました。麗華も、そんな年齢まで、叔父と暮らしたくないという思いでしたから……」

「だからさっさとけりをつけようと殺したんだろう？」

譲二は机を叩かんばかりに手を振り上げた。

「待ってくださいよ。刑事さん」

雄太は机に両手をついて頭を下げた。

「譲二、ちょっと待て」

取調室の隅で、腕を組んで雄太を見つめていた場波が、譲二を制止した。

ほっとした顔で、雄太が場波を見上げた。

「ちっ」

譲二が舌打ちをした。

「金持ちの家に生まれただけで、ゴルフ三昧の生活なんて、いいご身分だな。全く……」

「譲二、偏見を持つんじゃない」

場波は譲二を睨んだ。

「なあ、能代、教えて欲しいんだが、牛島は、これについては、かなり好きだったのか」

場波が小指を立てた。

「女？　ってことですか？」

「そうだ」

「そうですね……」

雄太は小首を傾げ、しばらく無言で考えていた。

「なんて言ったらいいのか。情熱家ではありましたね。角野恵子さんはご存じですね」

雄太が聞いた。

場波が頷いた。

「彼女と関係したのは、まだ前の奥さんが生きている時でしたね。前の奥さんは、よく私に愚痴っていました。角野さんと関係ができても他にも親しくなった女性がいたみたいです。そんな叔父ですから麗華の魅力にすぐ惹かれたんですよ」

雄太は薄笑いを浮かべた。

「角野以外に付き合っていた女性を知っているだろう？　お前は春山ゴルフクラブ所属のレッスンプロで、牛島の女好きのことを知っていて、女性を紹介していたんじゃないのか？　麗華みたいに」

場波は静かに問い詰めた。

雄太は、観念したように項垂れた。

「叔父には何人か女性を紹介しました。叔父は、自分の好みにあった女性と付き合うようになりました。前の奥さんと上手く行っていなかったことが原因かもしれませんが……」

「角野はお前が紹介したんだな」

「ええ、そうです」

「角野が、妻にならなかったのは、彼女が牛島の女好きを知っていたからだな」

「そうかも知れませんね」

「他には……」

「国部さんを紹介しました」

雄太は答えた。

「国部？」

譲二が驚いた。

「やはりな……」

場波が呟いた。麗華も、恵子も、国部も小顔で目元が涼やかな美人である。どこか似た雰囲気があった。

「ところで田中徳太郎の高級なパターだが、お前が盗んだのか？」

「滅相もありませんよ。なぜ、私が盗むんですか？　1週間前のことですが、田中さんのレッスンをした後、お忘れになっていたのに気づきました」

雄太は焦った表情で言った。

「それをどうした？」

「勿論、フロントに預けましたよ」

雄太は当然だという顔をした。

@春山ゴルフクラブ　05.13.14:00

場波は、譲二と共に春山ゴルフクラブの門をくぐった。

フロントに近づいた。

譲二が、警察手帳を見せ、「国部さんはおられますか？」と聞いた。

香織の姿が見えない。

フロントの女性係員が慌てている。警察手帳に驚いたのだろう。一般人は、この手帳をみると、いい気分はしない。

女性係員が、「はい、ただいま」と言い、事務所の方へ急いだ。

「警部、ご苦労様です」

背後から支配人の白川がにこやかに近づいて来た。

「ああ、支配人、いろいろお世話になりました」

場波は軽く頭を下げた。

「捜査の方の進展はいかがですか？」

「はい、進んでおります」

「今日はどのようなご用件でしょうか？」

「国部さんに伺いたいことがございましてね」

「国部ですか？」

白川の表情がわずかに強張り、フロントに目をやった。

「今、呼びに行っていただいております」

「ああ、そうですか」

白川の返事と同時に、香織が姿を見せた。表情が暗い。

「国部さん、警察の方が……」

白川が言った。

「はい、承知しています」

香織は、弱弱しい笑みを浮かべて白川を見た。

「支配人、ちょっと会議室をお借りできますかね」

場波が言った。

「はい、どうぞ、どうぞ」

白川が腰を低くしていった。笑みが硬いのは、面倒なことが起こらないで欲しいという思いの表れだろう。

「では、ちょっとよろしいですか?」

場波は香織に言った。

「はい」

香織はうつむいたまま、答えた。

譲二が先導し、場波は香織と並んで2階の会議室へと向かった。

会議室で、場波は香織と向かい合った。

「今日、お伺いした理由は、おわかりですね」

場波は静かに話し始めた。

香織はこくりと頷いた。

「どうして牛島さんを殺したのですか?」

場波は聞いた。

譲二が「えっ」と声を上げた。目を瞠り、本気で驚いている。譲二は、場波から何も聞かされていなかったのだ。ただ香織に聞きたいことがあるから、一緒に来てくれと言われていただけだった。

香織は場波を見つめていたが、その目からは涙が滂沱の如く溢れ出ていた。

「申し訳ありません」

声を詰まらせながら香織は言った。

「国部さんが犯人？　警部、本当ですか？」

譲二が場波を見つめた。

「慌てるな。お話を伺おうじゃないか。国部さん、話してください」

「はい」香織は、涙を拭うと、覚悟を決めたように唇を引き締めた。「許せなかったのです。牛島さんが……。私は牛島さんとお付き合いをしていました。ところがいつの間にか恵子に心変わりされたのです」

「恵子さんは、そのことをご存じなかったのですか？」

「知らなかったと思います。私と恵子は、とても仲が良くてなんでも相談できる間柄でした。ある日、突然、恵子が、『牛島さんからプロポーズされちゃった。どうしよう』と聞かされたのです。晴天の霹靂でした。私は、思わず『いいじゃないの』と言ってしまいました。恵子は迷っていました。というのは、牛島さんは、その当時、奥様と折り合いが悪かったのです。その後、奥様がお亡くなりになって、実は私は密かに牛島さんが後添いにしてくれることを期待していたのです。ですから恵子と二股だったことに激しくショックを受けました。もう悔しくて、悔しくて……」

「角野さんはプロポーズをお受けにならなかったのですね」

「ほんと、あの人は真面目というかなんというか、亡くなった奥様に遠慮したのですね」

「それであなたは淡い期待を抱き続けたわけですね」

「はい」

香織は、寂しそうに頷いた。恵子は、春山ゴルフクラブを退職し、スナック「恵子」を開店し、ママに収まった。牛島との関係が続いていたことを香織は承知していたが、いつかきっと牛島と縒りが戻ると期待していたのだろう。

「牛島は、プロゴルファーだった麗華と結婚した。これにも傷ついたでしょう?」

「当たり前です」

香織は怒りのこもった声で答えた。

「牛島さんが騙されているのはわかっていましたから。あの女は、能代さんと付き合っていました。私も能代さんの紹介で牛島と付き合ったのです。おそらく恵子も同じでしょう。能代さんは、甥という立場ではありましたが牛島さんに取り入るために女性を紹介してたんじゃないでしょうか?」

「ええ、その様ですね」

「最低の男です」

香織は吐き捨てた。

「二度も裏切られたわけですね」

場波は優しく言った。

「私は徐々に牛島さんに対する恨みを募らせました。しかし反面、また期待を抱くようになったのです。それは麗華と離婚を考えているなどと牛島さんから聞いたからです。牛島さんは、私のことをどう思っていたのかわかりませんが、関係が切れた後も、悪びれずに麗華の悪口を話すのです」

香織は、再び涙を流し始めた。

「私は、都合のいい女だったのでしょうね」

「なんども牛島に虚仮にされたわけだ。そりゃ腹が立つよな」

譲二が口を挟んだ。

「それで？」

場波は話を促した。

「決定的だったのは、恵子から遺言のことを聞かされたことです」

香織の表情は険しさを増した。「全財産を角野さんと息子の清君に譲るということですね」

「はい」

香織は、はっきりと答えた。

「恵子は、また『どうしよう』と心配そうでした。牛島からそれを聞かされたようですが、断ると言うのです。清君は認知してもらっているから牛島が亡くなれば、遺産を相続することができます。恵子は、それで十分だと言うのです。私は、恵子の遠慮深い態度にますます腹が立ってきました」

「許せないって気持ち、わかるなぁ。あんたは金持ちのクソ野郎に遊ばれたってわけだ」

譲二が言った。

「譲二、言葉を慎め」

場波が怒った。

「国部さんの気持ちは痛いほどわかりますよ。期待して待っているのに、相手はそれに応えない。そればかりか何も期待していない、遠慮ばかりしている角野に全ての幸せが行く。こんな理不尽なことはありません。だいたい金持ちは、金に飽かせて人の気持ちをもて遊びすぎますよ」

譲二は怒っていた。香織に好印象を抱いていただけに牛島の無神経さに怒りが込み上げるのだろう。

「ありがとうございます」

香織は、譲二に微笑んだ。

「私は、あの日、牛島さんを呼び出したのです。いったい私のことをどう考えているのか？恵子に財産を渡すなら、私だって受け取る権利があるでしょうと言いたかったのです」

「パターはどうして持って行ったのですか？　最初から危害を加える計画だったのですか？」

譲二が聞いた。

香織は、首を振って否定した。

「あんな物を持って行かなければ良かったと後悔しています。たまたまフロントに置かれていたので手に取ってしまったのです。夜間だったので何かあったら身を守ろうと思っていたのかもしれません。でも、本当は悪魔に魅入られたのでしょう」

「牛島は夜の呼び出しに警戒はしなかったのですか」

場波は聞いた。

「ふふふ」香織は薄く笑った。「警戒なんかしませんよ。付き合っていた頃、誰もいなくなった夜の太鼓橋で抱き合ったことがありますから。牛島さんは、野外プレーが好きでしたから」

牛島は、香織とのアバンチュールを思い出して、いそいそと誘い出されたのだ。それが命取りになるとも知らずに……。

「牛島に会った瞬間に、今までの恨みが爆発したのですね」

場波は言った。

「そうですね、気が付いたら牛島さんを殴っていました。牛島さんは欄干を枕のようにして体を預けました。気を失っていたと思います。怒りはまだ収まっていませんでした。このままにはしておけないと、私は牛島さんの体を持ち上げ、池に落としたのです。私は、恐ろしくなってその場を逃げ出しました。パターは、田中さんの物だとわかっていましたのでロッカーに戻したのです。ドボンという水音が今も耳から離れません」

香織は両手で耳を塞いだ。

「パターをロッカーに戻したのはやはりあなたでしたか？」

場波は納得したように頷いた。

「田中さんに罪を着せようとロッカーに戻したのではないですか。それで田中さんまで殺した……。そうですね」

譲二は香織を睨みつけた。

「田中さんを殺してはいません！」

香織が声を荒げた。

「わかりました。では行きましょうか？」

場波は立ち上がった。

譲二が、香織に近づいた。香織が両手を差し出す。譲二が手錠をかけようとした。

「それは必要ないだろう」

場波が微笑した。

「ありがとうございます」

香織は目に涙を溢れさせながら笑みを浮かべた。

@回転寿司　05.16.19:30

「それで田中さんは自殺だったわけね」

好美はレーンを回って来る寿司を載せた皿を取った。

場波は、好美と自宅近くの回転寿司に来ていた。たまには好美を銀座辺りの寿司屋に連れて行ってやりたいが、場波の給料では回転寿司で我慢するしかない。

好美は、食欲旺盛で、皿を5枚も積み重ねている。場波は、ビールを飲んでいて、寿司は2

皿に過ぎない。

「経営している会社の経営はかなり悪化していたようだね。表向きは息子に任せていたが、実質的には田中が経営していた。経営悪化の実態を息子は詳しく知らされていなかったようだ。自分一人で苦しんでいたんだな。それで経営の悪化を少しでも補うために春山ゴルフクラブの改造を強引に推し進めようとしていたようだ。しかし、それも最後のあがきだったんだね。普段からサイレースなどの強い睡眠薬を処方されていたことも自殺の決め手になった」

場波はビールをぐいっと飲んだ。事件解決後の酒の旨さは一入だ。

「それにしても女は悲しいわね」

「国部さんのことか？」

「そう。きっと牛島さんのことを愛していたんだろうと思うのよ。いつか、いつかって思う気持ちがいつの間にか怒りに変わってしまったのね」

「麗華はどうなんだ？　悲しい女性ではないのか？」

場波は、レーンから寿司を一皿取った。

「財産目当てと言ったら身も蓋もないけど、やっぱり男の財力を当てにするのは悲しいというか、女としては残念ね」

好美は、寿司を口に運んだ。

「お前は俺の財力を当てにするなよ」

場波は笑って言った。

「何を言っているのよ。あなたこそ、私のパート収入を当てにしないでね」

好美は笑いながらレーンから寿司皿を取った。一番高い金色の皿に載ったマグロの大トロだ。

場波は、弁護士の山之内が恵子と麗華、そして雄太を集めて牛島の遺言を開示した時の様子を思い出していた。場波は山之内の希望で立ち会ったのだ。

山之内が「全財産を角野恵子と息子清に譲る」と告げると、その場で麗華が卒倒した。

雄太に助け起こされた麗華は、口から泡を吹き、わなわなと震えていた。その時、恵子が「遺言内容はありがたくて尊重しますが、麗華さんにも十分に配慮していただけないでしょうか」と落ち着いた口調で言った。それを聞き、麗華は少し落ち着いた様子だった。

謙虚な人物はは益を受けると昔の人は言ったが、恵子を見ていると、その言葉の正しさが実感されたのである。

第2話　OB

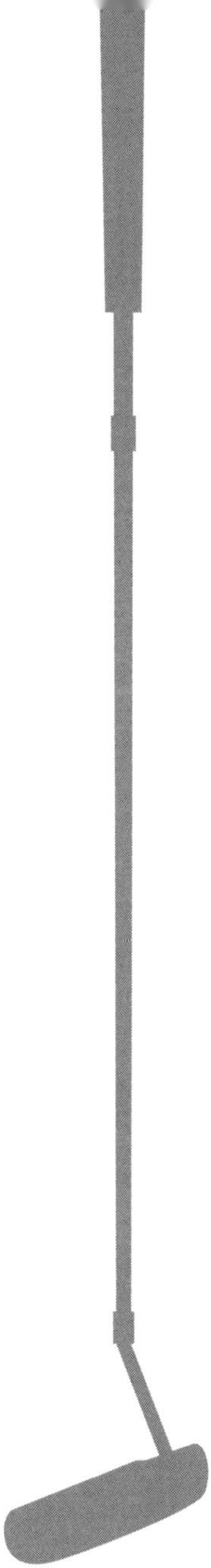

プロローグ

埼玉県郊外の流星市はゴルフ場が多くあるだけではなく、ゴルフが市民スポーツとして根付いている。

ゴルフなんて金持ちの遊びだ、それがなぜ市民スポーツなのだと怒りを抱く人もいるだろう。

しかし、これは市長の浪川平次郎《なみかわへいじろう》の並々ならぬ尽力の結果なのである。

浪川は市長選に出馬した際、公約としてゴルフ場の市民への開放を掲げ「ゴルフ・シティ構想」を打ち出した。

マラソン大会で街おこしをする市町村は多いが、それらと一線を画し、流星市独自の街おこしアイデアがこの構想だったわけだ。

当然、ゴルフ場の既存会員たちは反対した。マナーも知らない市民にプレーさせたらゴルフ場が荒れてしまう、高額の入会金を払って会員になったのに自分たちのプレー権が侵害されてしまうなどが、その理由だった。

名門ゴルフクラブの会員にとっては、非会員の一般市民などは歯牙にもかけない貧乏人なのだ。そんな連中はゴルフをするなという態度をあからさまにする者もいた。

だが会員たちの傲岸不遜な態度が市民の反発を呼び、みごと浪川は市長に当選した。

浪川は、公約を実現しようと流星市のゴルフ場連盟と話し合った。しかし、経営者たちは、公約にそっぽを向いた。無視したのである。割安にする分を補助金で補填してくれるなら考えてもいいという態度だった。

浪川は市民の税金を補助金としてゴルフ場に支出しようということは一切、考えていなかった。

浪川は、誠心誠意ゴルフ場経営者に「ゴルフを市民スポーツにしよう」と説得を続けた。熱意に動かされて、ぽつりぽつりと浪川の考えに賛成するゴルフ場が現れ始めたが、まだまだ大きな広がりにはならなかった。

そこで強硬な手段に打って出た。ゴルフ場を新規に開発しようという許可は勿論のこと、既存ゴルフ場の飲食、浴場などの認可を認めなくしたのだ。

既存のゴルフ場を営業するには、知事や市長の許可は不要だが、レストランや浴場などは許可が必要である。これらの認可を拒否したのである。さらにごみ処理など市がゴルフ場に与えている便宜をことごとく拒否した。

これに困り果てたのはゴルフ場だ。特に名門ゴルフ場は、すぐに根を上げた。何せごみ処理をくどくどともっともらしい理由をつけて実施してくれないのだから会員から「臭い」という苦情が出て、頭を抱えてしまったのである。

この結果、流星市の全てのゴルフ場が浪川の軍門に下った。浪川の公約は実現した。市民が、月2回、食事など全て込みで3000円という格安でプレーできるようになったのである。さらにジュニア養成にも力を注ぎ、子供たちは無料で月2回プレーでき、コース所属のレッスンプロから指導が受けられる。才能が認められたジュニアは、プレー終了後は閉門までプレーできる制度も作られた。

一方で浪川は、「ゴルフは紳士のスポーツである」と言い、マナーなどについては非常に厳しく、マナーを守らない市民にはプレーをさせないという罰則も導入した。その付随的効果なのか、流星市の市民はマナーに厳しく、路上喫煙やごみのポイ捨てなどには厳しい目を光らせ、不届きな者を堂々と注意する市民が増えた。

かくして流星市は「ゴルフ・シティ」として名をあげることになったのだ……。

@市営ゴルフ場　05.24.13:00

場波と譲二は、市営ゴルフ練習場に来ていた。

「譲二がゴルフをやったことがないというからな。今日は厳しく鍛えてやる」

場波はにやりと譲二に笑いかけ、ゴルフバッグを肩に担いで入場した。

「止まっているボールを打つのなんて難しいことないですよ。これ高かったんですからね」

譲二は靴を指さした。

譲二は、アイアン、ウッドなど一式を場波から譲られたのだが、靴だけは購入した。安い靴で良いと思ったのだが、場波が、靴はいいのを買えと言ったので天然皮革の靴を買った。2万円もした。ゴルフをやれと言うなら、靴代も補助をしてくれてもいいのではないかと譲二は不満を言いたいぐらいだった。

「止まっているから難しいんだぞ。まあ、たとえて言えば、やる気のない部下を働かせるみたいなものだな。これほど難しいことはない」

場波はにやりと笑った。

「私は、やる気はありますけどね」

譲二は不愉快そうに口元を歪めた。

2人は受付に向かった。ロビーには数人の人が席に座っている。順番待ちだ。場波たちも彼らに混じって空いている席に腰を下ろした。

「さすが、混んでいるな」

場波は眉を寄せた。かなり待ちそうだ。

「ゴルフなんて金持ちのスポーツに、これだけの人が興じているなんて格差を感じますね」

譲二は犯人を見るような目で周囲を見渡した。

譲二の生い立ちはかなり厳しい。両親に早く死に別れ、児童養護施設で育った。そこで高校まで暮らし、卒業と同時に警察官になった。貧しく暮らした影響なのか、金持ちに対する反感が強い。ある事件で富豪を犯人と決めつけて、問題を起こしたことがある。この僻みとでもいうべき、思い込みさえなくなれば、使命感の強い警察官なのだが……。

「まあ、そう反感を持つんじゃない。流星市の市民スポーツなのだからな」

場波は譲二をなだめた。

その時だ。練習場から怒鳴り合う声が聞こえてきた。

「てめぇ、許さないぞ」

「なんだと、こっちこそ」

場波と譲二は、椅子を蹴り、立ち上がった。

「いくぞ」

場波が譲二に声をかける。

「はい」

譲二が応える。

2人は、ロビーから練習場に駆け込んだ。

2人の男が睨み合っていた。胸倉を掴んで喧嘩するまでに至っていない。

練習場の支配人が困惑した顔で2人の男の間に入っている。なだめているのだが、収まらない様子だ。支配人は、顔なじみの東山透《ひがしやまとおる》だ。この練習場は市営で東山は市の職員である。

「どうされましたか？」

場波は東山に聞いた。

「いつもこんな具合なんです。困りましたよ」

東山は、情けない顔で場波を見つめた。

2人の男は、睨み合って、今にも殴り合いを始めそうな気配だ。

「まあまあ、2人とも大声を出すと、他の客に迷惑だからね」

場波は、穏やかに言い、両手を挙げて、2人の間に割って入った。

「あんたには関係ないだろう」

1人の男が言った。精悍な顔立ちだ。この男のことは場波も知っている。噂程度の話だが、市の有名人で手広く飲食店を経営している男だ。名前は木戸《きど》愛介《あいすけ》。

「誰だか存じませんが、構わないでください」

場波に仲介に入るなと言ったのは老舗和菓子店の店主である坂本《さかもと》直巳《なおみ》である。

坂本の店の和菓子は、上品で季節感もあり、流星市という田舎街の菓子ながら、場波が都内の友人に贈ると大喜びされる。最近は、カステラ生地をベースにした洋菓子風の和菓子も作っている。

場波は、警察手帳を見せ、「流星市警察の警部冨田場波だ。彼は巡査部長の辺見譲二。今日は非番だが仲に入らせてもらいます」と言った。

途端に木戸は客商売らしく造り笑顔で「警察のお方ですか？　そりゃまずいなぁ」と言った。

「ここで喧嘩はまずい。どうされたのですか。ロビーでお話をお聞きしましょうか」

場波が坂本と木戸に言った。

「いえ、それには及びません。私は、もう帰宅しますので。お騒がせしました」

木戸は言い、ちらっと坂本を睨んだ。まだ決着はついていないという感じだ。

「私も帰ります」

坂本が言った。

「ここで喧嘩されるならお2人とも練習場への出入り禁止にしますからね」

東山が眉を顰めた。

「いいのかい？　そんなことを言って。市長に告げ口するぞ」

木戸がふてぶてしい顔を東山に向けた。

「お好きにしてください」

東山は不愉快そうに顔を歪めた。

木戸が姿を消すと、それを待っていたように坂本が、「それじゃぁ」と場波に頭を下げて、帰って行った。

「なんですか？　あの2人は？」

譲二が怪訝な顔をした。

「ゴルフ・シティの問題だな」

場波は、東山に視線を向けた。

「そうなんですよ」

東山の表情が沈んだ。

「教えてください」

譲二は、ゴルフレッスンに来たにも関わらず、東山の話に聞き入ってしまった。

東山の話によると……。

流星市は、ゴルフ熱が嵩じた結果、2つのゴルフグループが出来上がった。木戸が率いる「ドラコン」と坂本が率いる「アルバトロス」だ。

この2つのグループがとにかく仲が悪い。練習場ばかりではなく、ゴルフ場でもいがみ合っている。

なぜここまで対立するのか。彼らが流星市代表としてゴルフの埼玉県大会、最終的には全国大会を目指し、競い合っているからだ。

「お互いのチームの上手なプレーヤーを県大会に出せばいいんじゃないですか？」との譲二の意見に「その通りなのですが」と東山は表情を曇らせた。

「譲二、ゴルフというのは個人競技なのだが、時にチームプレーでもある。ライダーカップというアメリカと欧州の一流プレーヤーが競い合う競技があるが、国の威信をかけてもの凄く盛り上がるようだ。勝利すると、それぞれのチームメイトが抱き合って、涙を流すらしい」

「ならば余計に2つのチームが協力して、最強軍団を作って、埼玉県大会に臨むべきでしょう」

「それが上手く行かないんだ。ゴルフってのはさ。例えばライバルのボールがラフに入ったとしようか。そうすると、それを他人が見ていないのをいいことにOBまで蹴っ飛ばすとかさ、誤球しても、相手が悪いと言い張って2打罰を受けようとしないとかさ。いろいろとあるんだよ」

「紳士のスポーツとは言えませんね」

「そういう場合もあるということだ」

場波が苦笑した。

「楽しんでゴルフをプレーしてもらいたいというのが市長の思いなのですが、熱が入りすぎると、諍《いさか》いが起きるのです。困ったことです」

「こんなトラブルは頻繁にあるんですか？」

譲二の問いに東山は「はい」と頷いた。やっかいなのは、と話し始めた。

「市長のゴルフ・シティに誰もが賛成しているわけではありません。反対派の人たち、名門ゴルフ場の理事長らが多いのですが、彼らが応援しているのがアルバトロス。市長の政策を支持しているのが、ドラコン。彼らはゴルフばかりでなく市政にも影響を与えています」

「なんとか和解できればいいですがね」

場波が言った。

「難しいでしょうね」

東山は、浮かない表情をした。

「警部、順番が来たようです」

譲二が言った。

「おお、そうか？　それじゃ練習するか」

場波は言った。

「警部、私がナイスショットをしても怒らないでくださいね」

「ははは」

場波は笑った。

「まあ、空振りはするな」

「何を言っているんですか。私は高校時代、野球部の4番打者ですよ。ゴルフボールを飛ばすなんてちょろいもんです」

譲二はにやっと不敵な笑みを浮かべた。

「お手並み拝見といこうかね」

@市営ゴルフ場　05.28.09:00

場波が運転するトヨタ車が市営ゴルフ場に到着した。駐車場に車を停めた。車を降り、クラブハウスに向かう。警官が敬礼をして待っている。

「案内してくれ」

場波は言った。

「はい。場所は、17番ホールの林の中です。クラブハウスに行くより、こちらからの方が近道です」

警官は、フェアウエイを横切って歩く。事件発生後、ゴルフ場はただちにプレーを中止したので、場波は、無人の芝生を革靴で歩いた。上質の絨毯の上を歩いているかのように心地よい。

「あちらです」

警官が指さした先には、規制線が張られ、数人の警官がいた。

17番は、ロングホールで、左側に松を中心とした雑木林が続いている。

雑木林の中にOBゾーンが作られている。その向こうにも雑木林が広がっているが、手入れされた雑木林ではなく、灌木や松、杉などが密集し、荒れた印象だ。ゴルフ場との境界は、簡単な網のフェンスで仕切られている。

さらにその先には畑が広がっているのだが、なぜかここだけ雑木林が残ってしまった。おそらく市がゴルフ場を造るにあたって所有者と売却合意に至らなかったのだろう。所有者も、いずれ市が購入してくれると見越して、手入れを怠っているのかもしれない。

「警部、ご苦労様」

遺体の検視をしていた北本医師が、手を上げた。

OBゾーンの雑木林の中にうつぶせの男が倒れている。ブルーの半袖のポロシャツに白のゴルフパンツを穿いている。

場波は、手袋をはめた手で遺体を半分だけ裏返し、背中を覗き込んだ。

「背中から心臓に向けてひと突きですか？」

背中には血の塊がべっとりとついている。

「直接の死因は背中から心臓への鋭い刃物によるものですが、これを見てください」

北本が遺体の左腕を掴み、持ち上げた。

「ひどいな」

場波は思わず声を上げた。

左手首が、ざっくりと切られている。傷口が大きく割れ、骨まで切られているようだ。

「被害者が死亡した後、わざわざ切ったと思われます」

「なぜだろうな?」

場波の疑問に、北本も首を傾げた。

「被害者は、木戸愛介、58歳で間違いないと思われます」

場波の隣に立つ警官が言った。

「木戸愛介か……」

場波は、数日前のゴルフ練習場でのトラブルを思い出していた。木戸は坂本と言い争いをしていた。

「市内で、レストランやスナックなど手広く経営しています。なかなかのやり手だとの評判です」

警官が言った。

「辺見さんは?」

北本が聞いた。

いつも場波と一緒に行動している譲二がいない。

「連絡をしているんだが、返事がないんです。まあ、もう少ししたら来るでしょう」

場波は、木戸の左手首を持ち上げ、もう一度、じっくりと見ていた。なぜ心臓を一突きにした後、わざわざ手首を切り取らんばかりに深く切ったのだろうか?　なんの意味があるのか?

「すみませんでした」

譲二が息を切らせてやって来た。

場波は、鋭く睨みつけた。

「遅いぞ」

「ちょっと……」

譲二は言い訳しそうな口ぶりだったが、軽く頭を下げた。

場波は、最近の譲二の態度に心を痛めていた。仕事への熱意に欠ける態度が目立つのだ。

その理由を知るために、数日前、場波は譲二を誘ってゴルフ練習場に出かけた。

譲二は、ゴルフなんて簡単だと豪語していたが、予想通り苦戦した。ドライバーを大ぶりし、空振りを繰り返した。

おかしい、おかしいを連発する譲二に、場波は笑いながら、案外難しいだろうと言った。

練習が終わるころには、さすがに高校野球で鳴らしたと自負していただけに、素晴らしいショットを打つようになった。これなら近いうちにゴルフ場に連れて行くことができるだろうと思った。

場波は、練習が一区切りついた頃を見計らって、呑みに行こうと譲二に声をかけた。そこで仕事ぶりについて話をしようと考えたのだが、譲二は、申し訳なさそうに「ちょっと……」と言った。

「用があるのか」

「はい。すみません」譲二は、ゴルフ道具を抱えると、いそいそと帰ってしまった。

以前なら、喜んで呑みに行きますと答えたのだが、いったいどうしたのだろうか。場波は気掛かりを覚えながら譲二の後姿を見ていた。

「殺されたのは、木戸だって聞きましたが」

譲二が言った。

「ああ、数日前、練習場で揉めていた男だ」

「ゴルフ好きの奴が、ゴルフ場で殺されるとは……」

譲二が周囲を見渡した。

「厳密にはゴルフ場じゃない」

場波は答えた。

「えっ」

譲二が怪訝そうな顔をした。

「ここはＯＢゾーンの中だ」

「あちらに一緒にプレーしていた仲間がいる。何か気になることがないか話を聞いてくれ」

「わかりました」

譲二は、遅刻を取り戻すかのようにフェアウエイの中で、警官に付き添われて不安そうにこちらを眺めている３人の男女の方へ駆けて行った。

場波は、木戸の遺体の頭の部分が、フェアウエイの方を向いているのに注目した。

ＯＢゾーンからフェアウエイに戻ろうとして背後から刺されたと思われる。そして左手首を切り取るまでに切られた。

犯人は、あらかじめ雑木林の中に身を潜めていたのだろう。

すると、木戸が、あらかじめ左のOBゾーンにボールを打ち込むことを予測していたというのだろうか？

それはあり得ない。木戸は、「ドラコン」というゴルフチームを率いるほどのゴルフ巧者だ。そんな彼がOBゾーンに打ち込むというのは極めて稀なことだろう。

犯人が、そんな稀なことを期待して、殺害のチャンスをうかがうことがあるだろうか？

場波は、一緒にプレーをしていた3人の男女に視線を向けた。

「では警部、遺体を運び出します」

北本が言った。

「お願いします」

「遺体を解剖して、何か発見があれば連絡します」

北本は言い、警官に遺体の運び出しを命じた。

@17番ホール　05.28.14:30

譲二は、木戸とプレーしていた男女に話を聞いた。

しかし、どうも気乗りしないのは、場波の態度が、そっけないからだ。譲二が遅刻してきたことを怒っているのだろうか。

譲二は、昨夜から一晩中、緑川《みどりかわ》真子《まこ》とホテルにいたのだ。

真子は、木戸が経営する何店舗かの店の一つスナック「星空」の従業員である。譲二は、仕事帰りにたまたま立ち寄ったスナック「星空」で真子と出会い、たちまち意気投合してしまったのだ。

その理由は、譲二も真子も、不幸な育ち方をしたからだ。真子は両親が離婚し、叔母の家で育った。その叔母が、意地悪で、何度も家出を繰り返していたが、この店のママの大里桜子《おおさとさくらこ》に出会ったことで、今は落ち着いて暮らしている。

不幸自慢ではないが、そんな話で2人はすっかり盛り上がり、気がついたらホテルで抱き合っていた。真子は、２１歳だという。真子の話や年齢が本当かどうかは確かめようもないのだが、譲二は真子の魅力に取り込まれてしまった。

小柄な体躯だが、乳房は豊満で、そこに譲二は顔を埋めると、天国にいる気分になった。顔立ちは幼く、キュートで、まさか未成年ではないだろうと警戒したほどである。

真子と付き合い始めてから、仕事に身が入らない。日中も、浮き足だち、早く真子と会いたいという切なさで胸が締め付けられるのだ。その思いが態度に表れ、場波が怒っているのではないだろうか。

譲二は、場波のところに行き、事情聴取の結果を報告した。

一緒にプレーしたのは、ゴルフチーム「ドラコン」の主要メンバーの倉戸優也《くらとゆうや》、３０歳。木戸が経営する㈱木戸興業の専務である朝霧修一《あさぎりしゅういち》、５５歳。唯一の女性は真子が務めるスナック「星空」のママである大里桜子だ。

市営ゴルフ場にはキャディはいない。４人乗りのカートに乗車しての気楽なセルフプレーだった。

「それまで絶好調だった木戸さんが１７番でボールを曲げてしまい、暫定球を打ちましたが、『ＯＢかどうか確認してくる』と言って雑木林の中に入っていきました。いくら待っても出てこないので、見に行ったら木戸さんが倒れていたそうです」

譲二の報告を聞く場波の表情が、いかにも不機嫌そうだ。

譲二は、真子に1分でも早く会いたいという気持ちが募るのだが、一方で、その気持ちが場波の機嫌を損ねているのなら、なんとかしなくてはならないとも思っていた。

「彼らの話によりますと、１７番は、比較的短いパー5で490ヤード足らずです。左に大きくドックレッグしています。ドライバーで、２６０ヤードだとギリギリ、２８０ヤードも飛ばせば、ショートカットしてフェアウエイに落とすことができます。そこから2オンも狙えますのでイーグルを取るプレーヤーもいるそうです。それで木戸たち腕に自信のあるプレーヤーは果敢にショートカットを狙います。しかし曲げてしまうとOBになってしまいますが」

「ずいぶんと詳しく聴取したんだな」

場波は皮肉っぽく口角を引き上げた。ゴルフに全く関心がなかったはずの譲二の変化が興味深い。

「はい、ちょっとゴルフのことを勉強しましたので……」

譲二は照れた様に笑いを浮べた。

「ところで、木戸はいつもショートカットを狙っていたのか？」

「その様です。成功率は５０％程度らしいです。今回も調子がいいと言ってショートカットを狙いました。最初のボールは完全にはOBとは思えなかったのですが、林には入ってしまいました。それでOBではない可能性を信じて、急ぎ足でボールを探しに行ったのでしょう」

「君の推測はいらない」

場波は突き放したように言った。

「すみません」

譲二は、眉根を寄せ、頭を下げた。

「誰が木戸を探しに行ったんだ」

「大里桜子です」

「怪しい奴を見なかったのか」

「誰も見なかったと言っています。雑木林が続いていますから、姿を隠すのは容易だったのでしょう。それに隣地との間には、簡単なフェンスしかありませんので、プレーヤーではない人間が入り込んでボールを拾っていくことがあるらしいのです。ロストボールを拾って業者に売却すると、良い金になりますから。OBでもないボールも拾って行くので、時々、トラブルが発生しています」

「３人は残っているのか？」

「はい、クラブハウスに移動して、そこで指示があるまで待機してもらっています。警部からも聴取されますか？」

「ああ、少しな」

場波はクラブハウスに向かった。譲二はその後に続いた。

クラブハウスでは支配人の東山が待っていた。東山は練習場とゴルフ場の支配人を兼任している。

「どうぞ、こちらです」

東山がへりくだった様子で、場波と譲二を会議室に案内した。

会議室の中には、倉戸、朝霧、桜子の３人がいた。不安そうな怯えた目が場波を見つめている。

東山は、そのまま会議室にとどまった。

「お時間をとってすみませんね。私は、流星市警察、刑事課の冨田です。少しだけお聞きすればすみますからね」

場波は、その場の空気を和ませるように笑顔を作った。しかし、効果はない。彼らの表情は強張ったままだ。

「木戸さんが誰かに恨まれていたようなことはありますか？　どうですか、朝霧さん」

朝霧は、木戸の会社の専務である。

「木戸社長が、恨まれているなんて聞いたことがありません」

朝霧はきっぱりと否定した。

「飲食店を手広く経営されていますが、競合店とのトラブルはないのですか？」

「ありません。競合している店の経営にも配慮されていますから」

「そうですか？　大里さんはどうですか？　大里さんの店は、木戸さんの所有ですね」

「ええ、その通りです。私は、雇われということになりますが、随分、長いお付き合いですからね」

桜子は、木戸との思い出を辿るかのように目を細めた。

「木戸さんにはご家族がなかったようですが……」

「ええ、結婚にはこだわりがなかったですからね」

「あなたとは？」

「私と？」

桜子は薄く笑みを浮かべ「ご想像にお任せしますわ」と言った。

「そうですか、では想像するとしますかね。すると女性関係で恨まれるということもない？」

場波は桜子を窺いみるように見つめた。桜子は、ふっくらとした顔立ちで、年齢は４８歳と聞いているが、可愛い顔立ちで若く見える。髪の毛は染めてはいない。

「ないんじゃないですか？　その辺りはきっちりとされていますからね」

桜子はまた笑みを浮かべた。本音を言っているのか、どうなのかは不明だ。

「数日前のことですが、市営ゴルフ練習場で坂本直巳さんと揉めておられましたが、恨まれているんじゃないですか？　倉戸さん？」

場波は倉戸に視線を向けた。

「ええ」と倉戸は暗い表情になった。

「坂本さんがリーダーの『アルバトロス』とは対抗意識が嵩じてトラブルになることがありました。市の対抗戦で木戸さんがリーダーの『ドラコン』が2連覇中です。向こうは、相当、悔しいに違いありません」

「全国大会を目指して、お互いが険悪だったとか？」

「はい」

倉戸は、今にも泣き出しそうな顔で場波を見つめ、「その前に埼玉県大会で勝利する必要があるんですが、その座を巡って喧嘩が続いていました」と言った。

「今回の事件で木戸さんが抜けることになりますが……」

場波の問いに、倉戸はうつむき、うめき声をあげた。

「もうおしまいです。『ドラコン』は戦う前に負けです。木戸さん抜きで勝てるわけがありません」

「そうですか？　ところで木戸さんの左手首が、ひどく傷つけられていたのですが、思い当たることはございますか？」

場波が質問すると、趣旨が不明なのか3人が顔を突き合わせている。

「わかりません」

3人が声を揃えた。

「そうですか?」

場波は手帳を閉じた。

「何か思いつくことがあれば、なんでも彼に」

場波は、譲二を指さした。

譲二は、少しおどけたように、笑顔で親指を立てた。

「私たちは容疑者なんでしょうか?」

倉戸が深刻な表情で聞いた。

「さあ、なんとも」

場波は、憐みを漂わせるような複雑な表情で答えた。

彼ら3人が容疑者かどうかはまだ何とも言えない。しかし、殺人事件に遭遇し、警察官から尋問を受ければ、誰でも不安になるに違いない。

いったい誰が、木戸を殺す必要があったのか。そしてなぜ左手首を切り離さんばかりに切りつけたのか。何かのメッセージなのか?

場波は、倉戸が盛んに左手首をさすっているのを見た。そして倉戸が何か言いたそうにしている。

「倉戸さん、何か?」

場波が聞いた。

「ええ、今、思いついたのですが……」

「どうぞおっしゃってください」

「実は、木戸さんは左利きなんですよ。しかしゴルフは右でプレーなさいます」

「ほほう……」

倉戸は何を言おうとしているのだろうか。

「ゴルフでは左手はゴルフクラブの一部だと思えという言葉がありまして、左腕はハンドルのようなものなのです」

「ハンドルねぇ……。ということは左腕が上手く使えればボールは曲がらない。それほど重要だということですね」

場波も少しはゴルフをかじっているが、なかなかボールの方向が定まらないのは、左腕が上手く使えないからなのだろうか？

「左利きの人は、自ずと左腕の使い方が上手いんですよ。犯人が木戸さんの左手首を傷つけたのなら、それは木村さんの左腕リードのスイングへの嫉妬なのかもしれません」

倉戸は話し終えるとほっとした顔になった。

「なるほどね」

場波は、倉戸の話は、ゴルファーでなければわからないことだと思った。

「すると木戸さんを殺したのは木戸さんの左腕に恨みを持つ者ということになりませんか」

譲二が勢い込んだ。

「可能性はあるな。敵対する『アルバトロス』を調べる必要があるな」

場波は、小さく呟いた。

@回転寿司　05.28.22:00

場波は、自宅近くの回転寿司店に来ていた。妻の好美、娘の加奈と一緒だ。

最近は回転寿司と言っても寿司がぐるぐる回っていることはない。タブレットを使って注文すると、その都度、回転テーブルに寿司が載せられて運ばれてくる。

生姜のガリに唾をつけたり、一度手に取った寿司を舐めて元に戻したり、それらの映像を投稿した迷惑系ユーチューバーが何人も現れたためだ。

彼らの迷惑行為から企業を守るために寿司チェーン店は寿司、のみならずガリも注文制にする対策を講じるようになった。

ネットの発達で犯罪のハードルが低くなったと場波は思っている。自分が面白ければ、あるいは自分が儲かれば他人がどれだけ不幸になっても気にしない傾向が強くなった。

他人の痛みに共感できない若者が増えている気がする。いつの時代も犯罪者が尽きることはないのだが、ネット全盛の社会になり迷惑系ユーチューバーや闇バイトなど結果の重大さを考えないで犯罪に手を染める若者が多くなっているのではないだろうか。

場波は、左手首の損傷についての倉戸の見解を好美に話した。

「それで、被害者と敵対するチームの人間が犯人の可能性があるわけね」

好美はタブレットで次の寿司を注文しながら場波を見つめた。

タブレットを見ないでタッチしたら、間違って高額の寿司を注文してしまうかもしれない。

場波は、少し不安を感じながらビールで満たされたジョッキを持ち上げた。

「それはまだわからないなぁ。彼らのアリバイをまだ調べていないから」

「加奈がゴルフをかじっているから左手の謎を聞いてみたら？」

好美は隣に座る加奈に振り向いた。

加奈は、レモンサワーのジョッキを口に運んだまま、驚いた表情で好美を見つめ返した。

加奈は、市内の保育所で保育士として働いている。毎日、幼子たちの世話をしているが、大口を開けてジョッキのレモンサワーを呑む姿を見たらあまりの男っぽさに幼子たちは衝撃を受けるのではないだろうか。

場波は驚いて加奈を見た。

「お前、ゴルフをやっているのか？」

「少しね」

加奈は、ジョッキを置いて場波の様子を窺うような素振りをした。

「それでゴルファーとしての見解は？」

好美が促した。

「倉戸さんって人が言った通り左手はゴルフでは非常に重要なのね。左手が上手く使えると、ストレートなボールを打つことができるけど、どうしても体の回転と左手が上手くリンクしないから」加奈は左ひじを引くというか、たたむような動作をした。

「こんな風になってしまうからボールがあっちこっちに飛ぶって、コーチに注意されている。パパもそうでしょう」

「そうだな。俺は我流で、どこが悪いのかわからずにやっているけど」

場波は、ゴルフコーチに指導を受けたことはない。

「パパは、腕の力が強いから、強引にボールを運べるけど、私たちは無理なの。左腕が上手に使える人のスイングってとてもきれいなのよ」

加奈が目を細めた。しかし、しっかりと箸をマグロの寿司に伸ばしている。

「犯人は決まりね」

好美は白身の寿司を食べている。

「おいおい、そんなに簡単なものじゃないぞ」

場波は空になったビールジョッキをテーブルに置いた。

「あなた、ちょっと憂鬱そうじゃない？」

好美が言った。

「そう見えるか？」

「見えるわ。何かあるの？　仕事では憂鬱にならないのに……」

「譲二のことだ」

場波は、浮かない表情で好美を見つめた。

「辺見さんがどうかしたの？」

加奈は、辺見とは仲がいい。

「どうもこれだな」

場波が小指を立てた女性関係という意味だ。

「いいじゃないの。独身なんだから」

好美があっさりと言った。

「仕事に身が入らないみたいなんだ。気もそぞろでさ。あいつには期待しているんだがね」

場波は、ボヤキ口調で、新たに注文したビールを呑んだ。

「熱っぽくなっているのね。相手は誰なの?」

加奈の口調がきつい。機嫌が悪くなっている。

「わからん。案外、秘密主義だな。あいつは」

「様子を見てたらいいんじゃないの」

加奈が生意気なことを言う。

「そうするよ」

場波は言い、何かに気づいたかのように加奈を見た。「ところで、加奈。相手の名前がまだわかっていなかったのにその名前が出るってのはどういうことだと思う?」

「変な質問ね」

「その相手っていうのは、殺された人のこと?」

「まあな」

「それは、その人が殺されることを事前に予見していた。殺されることを誰かから聞いていた。事件のことを聞いた瞬間に、被害者の名前が浮かぶほど被害者の情報に詳しい……」

場波は、加奈の列挙する条件を聞きながら譲二の顔を思い浮かべていた。

@ホテル　05.28.22:00

「真子」

譲二は、声をかけた。

真子は、譲二が伸ばした右腕に頭を載せて、横たわっている。激しく愛し合った直後で、部屋の空気がまったりと澱んでいる。譲二も真子も体を動かす力は残っていない。

「なぁに？」

「ママの大里さんってどんな人なの？　殺された木戸の愛人なのかなぁ」

「だったっていうのが正解じゃないかな。ママと木戸さんとの関係は切れたんじゃないかな。ちょっと前だけど、ママ、泣いていたことがあるから」

「木戸に振られたから？」

譲二は真子に体を向けて豊満な乳房を空いている左手でまさぐった。

真子が、鼻息を洩らし、「ちょっとやめて……」と言い、譲二の左手を掴んだ。

「ママはとてもビジネスセンスがあるのね。それで若い頃、木戸さんに出会って飲食業を勧めたわけね。それで木戸さんは成功したのよ。言ってみれば木戸さんの成功の産みの親ね」

譲二は、残念そうな顔で、左手を真子の乳房から外した。

「それじゃあ、恨んでいてもおかしくないな」

「そうねぇ、でも諦めて、割り切ったって話していたけど」

「ほかに木戸を恨んでいる人はいるのかい」

譲二は、今度は、真子の下半身に手を伸ばした。

再び、真子が、その手を掴んで引き離す。

「そうね。木戸さんはやり手だからね」

「専務の朝霧は?」

「朝霧さんは、木戸さんの幼馴染でね。若い頃、2人で結構やんちゃしていたみたい。だから信頼しているけどね。でも最近は、時々、大きな声で言い争いをしているのを見たことがあるわね」

「どんな言い争いをしていたのかい?」

「内容はわかんないわ。私は『星空』で働いているけど、昼間は時々、事務所の仕事を手伝っているのよ」

真子は譲二に顔を向けた。そして笑みを浮かべると、譲二の下半身に手を伸ばした。

「うふふ、怒っているわね。我慢してね」

「ううう」

譲二は唸った。真子の手が、譲二の怒張した物を優しく包んだからだ。

「もう1つだけ聞いていてもいいか」

譲二は苦しそうに言った。

「いいわよ。早くしないと堪えられないかもね。うふふ」

「事件の時、市営ゴルフ場で人が殺されたって言ったら、真子はすぐに木戸さんかなって言わなかった？」

「うん？」真子は不思議なことを聞かれたと言う顔になり「そうかな？　そんな気がしただけよ。もういいでしょう」

真子が体を反転させ、譲二と重なった。譲二は思い切り、真子の体を抱きしめた。

@坂本屋　05.29.10:00

場波は、譲二を伴って木戸と対立していたゴルフチーム「アルバトロス」のリーダーである坂本直巳を訪ねていた。

坂本は、流星市駅前にある和菓子店坂本屋の3代目である。年齢は58歳。坂本屋の名物は酒まんである。生地に酒麹が練り込まれており、香りがいいと評判である。

「ここの酒まんはなかなかの味らしいですよ」

譲二が言う。今日は、遅刻はしなかった。しかし、いずれきっちりと注意しなければならないと場波は思っていた。譲二に対する期待が大きいからだが、注意の仕方を間違うと逆効果になりかねない。最近の若者の扱かいはやっかいだ。

「私も時々、手土産として持っていくが、喜ばれることが多いな」

場波は言い、店の中に入った。

「いらっしゃいませ」

女性店員が笑顔で声をかけてきた。

「ご主人はおられますか。流星市警察の冨田と申します。彼は辺見です」

場波は警察手帳を見せた。

「ちょ、ちょっとお待ちください」

女性店員は、慌てて、奥に向かって「社長、社長」と呼びかけた。

「はい、はい」

急ぎ足で奥から出てきたのは社長の坂本だ。

「いったい何でしょうか?」

坂本は、緊張した様子で聞いた。

「木戸さんが殺されたのはご存じですね」

場波は言った。

「は、はい」

坂本は硬い表情で言った。

「それで二、三ご質問をしたいのですが」

「いいですよ。でも……」

困惑した顔で、店の奥をちらっと見た。「ここではなんですから奥に行きますか」

「そうさせてもらいますかね」

場波は譲二に目配せした。

場波と譲二は、坂本の案内で店の奥に行った。

「帰りに酒まんを買って帰りましょう。奥さんが喜びますよ」

譲二がカウンターの中の和菓子を覗き見て言った。

「ああ、後でな」

場波は、仕事に集中しろと言いたげな顔で譲二を睨んだ。

店の奥は事務所になっている。

「どうぞ、そちらにおかけください」

坂本に促され、場波と譲二は事務所のソファに腰かけた。ソファはかなり古く、生地がほつれ、糸くずがあちこちから顔を出していた。坂本は椅子に座って、場波たちと向き合った。机には書類が乱雑に積まれていた。

「木戸さんとの関係をお話しくださいますか？　数日前、練習場で揉めておられましたね」

場波が口を開いた。

「お恥ずかしい。その折は仲裁に入っていただきありがとうございました」

坂本は頭を下げた。

「礼はいいですが、何を揉めていたのですか？」

「あの男……。こんなことを言ったら亡くなっているのに申し訳ないですが、とんでもない人間ですよ」

坂本は顔を不必要に歪めた。

「ほほう、そうなのですか？」

場波は興味を覚えた。いったいどれほどとんでもないのだろうか。

「ある日のゴルフ競技の時ですよ。私が、林に打ち込んだら、奴は素早くボールを探しに行ったんです。それで何をしたと思いますが、私のボールを地面に埋めちゃったんですよ。ボールが見つからなくってね。お陰で2打罰で私の負け。競技が終わった後であいつが仲間と埋めてやったって話しているのを耳にしたんです。腹が立って、殴ってやりたくなりましたよ」

坂本は、今でも悔しいのか木戸のことを〝あいつ〟と言い、口元を歪めた。

「そりゃあ酷い」

場波は顔をしかめた。

「酷いでしょう！　そんなことを何度もやるんですよ」

「殺したいほど憎んでいましたか？」

場波の質問に、坂本は急に真面目な顔になって「私は殺してはいませんよ。そりゃ、殺してやりたいと思ったことが無いとは言いませんがね。事件のあった日は、一日中、店にいましたから」

「証言してくれる人はいますか？」

譲二が聞いた。

「女房も店員も皆、知っていますから」

「ここから市営ゴルフ場へは車なら10分程度です。行こうと思ったらすぐに行けますね。それでも一度も店を離れなかったというのですか?」

譲二が畳みかける。

坂本は、不愉快そうに眉根を寄せた。

「そりゃ、トイレくらい行きますからね」

「木戸さんの左手首が深く切られていました。なにかのメッセージではないかと考えています。心当たりはありませんか?」

「左手?」

坂本は思案げに顎を上に向け、「木戸さんの左手が無ければと思ったことがありましたね」と呟くように言った。坂本は冷静さを取り戻し、さすがに不味いと考えたのか〝木戸さん〟と丁寧な口調になった。

「左手が憎かったのですか?」

場波が聞いた。

「ええ、木戸さんのショットが正確なのは左手の使い方が上手いからなんです。それで仲間と、あの左手が無くなればいいのにと話したことがありました。勿論、冗談ですよ」

坂本は苦笑した。

「仲間というのは?」

「そうですね」

坂本は思い出そうとしているのか、顎を上に向けた。

「先程、木戸さんのことをとんでもない人間だっていいましたよね」坂本は、何か確信めいた気持ちを覚えたのか、視線を強くした。

「はい」

「ゴルフだけじゃないんですよ」

「といいますと」

場波も、その後ろに控えている譲二も身を乗り出してきた。

「ゴルフって言うのは、『沼』に落ちるみたいにどんどん深みにはまっていくんです。やってもやっても上手く行かない。上手く行かないからって止めようなんてことは考えない。どんどんはまっていく。どうして高いプレーフィーを払ってまで、こんなに悔しい思いをしなくてはならないのかと思うのですが、止められない。中毒性があるんですかね。木戸さんも同じです。ゴルフの『沼』に落ちてしまったんですよ。まあ、他人《ひと》のことを嗤えませんがね。私も同じようなものです。その結果、木戸さんの会社の業績が悪化しているっていう話です」

「木戸興業のことですね」

「ええ、そうです。それで木戸さんは本業の利益を補うために金貸しを始めたんです。勿論、無許可、闇です」

「それが超高金利。トイチっていうんですかね」

「金貸し？」

トイチとは、10日に1割の利息であり、年利365％になる。

貸出金利は、利息制限法で上限が年利15％から20％に定められている。これを超過すると、無効かつ行政処分が下される。また出資法では上限が年利20％に定められていて、それを超過すると刑事罰の対象となる。さらに貸金業を始めるには、知事か財務局長への登録が必要である。トイチ金融が許可されることはない。

「私たちの『アルバトロス』のメンバーで長島太郎《ながしまたろう》っていうのがいるんです。市内のビッグ自動車整備会社の社員ですがね。太郎が、木戸さんから10万円を借りたんです。それで返せなくてトラブっていましてね。この間、揉めていたのはそれが原因です。私が、こんな違法な貸金をするなんて警察に言うぞって言ってやったんです。そしたら木戸さんは、言いたきゃ言えよ。アルバトロスの他のメンバーにも貸しているんだぞって……」

「長島さんは木戸さんを恨んでいるわけですね」

場波は念を押すように聞いた。

「貸してもらった時は、感謝したでしょうがね。こんな超高金利ではどうしようもないでしょう。太郎は、木戸さんのゴルフ人生をめちゃめちゃにしてやりたいって怒っていましたから。そのためには左手を潰せばいいと考えていたこともあったようです」

坂本は、話し終えて、力なく、がくりと肩を落とした。仲間のことを話した罪悪感からだろうか。

「長島さんにも話を聞かねばならないですね」

譲二が言った。

「そうだな」

場波が頷いた。

@ビッグ自動車　05.29.10:45

坂本の店から、場波と譲二は、長島太郎が勤務するビッグ自動車整備会社に向かった。場波は、さほど遠くではないと判断し、歩いて行くことにした。

「木戸には相当、裏の顔がありますね」

譲二が言った。

「ああ」

場波が頷いた。

「『星空』のママの大里も木戸興業の朝霧も、事情聴取の時は本音を言っていませんね。仲が悪いみたいですよ」

「ん？」

場波が訝し気に譲二に振り向いた。

「どういうことだ？」

「大里は、木戸と長い間特別に親密で、木戸が飲食業で成功した陰には大里の貢献が大きいのですが、最近、捨てられて恨んでいるようなのです。朝霧は、木戸の幼馴染で、一緒に事業を拡大してきたのですが、最近、いがみあっているとか……」

「譲二、お前、その情報をどこから入手したんだ」

「えっ？　どこからって」

譲二の表情に戸惑いが浮かんだ。

「まさか、お前、木戸の関係者と付き合っているんじゃないだろうな」

場波の視線が厳しい。

「はあ、そういうわけでは……」

譲二は口ごもった。

事件の関係者と警察が関係を持つことはタブーだからだ。

「誰と付き合おうと構いやしないが、付き合う人間には気をつけろよ。ところで気になっていたことがあるんだ」

「は、なんでしょうか」

譲二の顔に緊張が走った。

「お前、ガイシャが木戸だって俺が言う前に知っていなかったか？」

「えっ、そうでしたっけ。警部から聞いたように思いましたけど」

譲二の表情が動揺で揺らいでいる。

「そんな気がしたんだがな。俺の勘違いならいいんだ。でももう一度念を押しておくが、付き合う人間、特に女には気をつけろよ」

「はい、わかりました」

譲二は、額の汗を拭った。場波は、気づいているのだ。譲二は真子の顔を思い浮かべた。譲二も気になっていたが場波の言う通り真子は、木戸が殺されることを事前に察知していたのだろうか。まさか彼女が殺害に関与しているとは思いたくはないが……。

譲二は、場波に何もかも話したくなった。しかし、殺された木戸の関係するスナックの従業員と深い関係にあるなどと話せば、すぐに別れろと言われるに決まっている。譲二は、どうしても真子とは別れたくない。

「あれですね」

譲二は話題を変えるようにビッグ自動車整備会社の看板を指さした。

数台の整備中の車が並んでいる。そこにブルーの作業服の男が立っていた。若くて体格がいい。

「すみません。こちらに長島太郎さんはおられますか?」

譲二が近づき、声をかけた。

若い男が振り向き、「私ですが、なにか?」と言った。怪訝そうな表情を浮かべている。

「私は、流星市警察の辺見、こちらは冨田警部です」

譲二は警察手帳を見せた。

「木戸さんの件ですね」

長島は、どこか観念したような顔だ。

「はい、お話をお聞きしてもいいですか？　こちらでいいですか」

譲二は、他の社員が働いている場所で、事情聴取するのは憚れると考えた。

「いいですよ。ここで」

長島は言った。

「事件が起きた昨日は、どのようにされていましたか？」

「昨日ですか？　休みだったので1日、家にいましたね」

「誰か証言してくれる人はおられますか？」

「アリバイですね。さぁね……」

長島は首を傾げた。

「相当、ゴルフ好きとお聞きしましたが、練習場には行かなかったのですか？」

場波が聞いた。

長島は、はっと何かに気づいた表情になり「そうです。そうです。思い出しました。市営練習場に行きました」と慌てて答えた。

「何時ごろですか？」

「えぇと、午後の1時過ぎですかね。昼過ぎは空《す》いているので」

「そうですか」

場波が長島を睨んだ。

「練習場の常連ですよね」

「はい」

「それならここで支配人の東山さんに連絡して確認してもよろしいでしょうか」

場波が鋭い目つきで睨んだ。

長島は怯えた表情になり、がくりと項垂れた。

「嘘はいけませんよ。すぐにバレるんですから。どこに行きましたか？」

「……市営ゴルフ場です」

疲れた表情で場波を見つめた。

「プレーをしたのですか？」

「いえ……」

「では、どうして？」

「木戸さんに会おうと思って行きました」

長島が半泣きの顔になった。

「借金のことですか？」

長島は、驚いた顔になった。

「木戸さんから金を借りているんでしょう？」

「はい……、でも」

「でも、なんですか？」

　場波は畳みかけるように追及した。

「高金利なんです。違法でしょう？」長島は急に興奮しはじめた。「トイチなんてありえないでしょう。警察に言うぞって……」

「脅そうと思ったのですか？」

　場波の問いに、長島は、大きく首を振って否定した。

「脅そうなんて思っていませんよ。なんとかしてくれって……。木戸さんはいつも市営ゴルフ場にいますから。会って相談したいと言っても、なかなか会ってくれないものですから」

「押しかけたってわけですね」

　譲二が口を挟んだ。

　長島が頷いた。

「それで木戸さんのスイングの癖を知っていたあなたは17番で待っていて、殺した……」

　譲二がじろっと睨んだ。

「こ、殺してなんかいない！」

　長島は悲鳴のような声を上げた。

　場波が譲二に目で合図した。長島を引っ張れと言う意味だ。

　譲二は、長島に近づき「警察署で詳しくお聞きしましょうか」と言い、腕を掴んだ。

「私、私、無実です。行ったら死んでいたんです！」

「なかなか白状しませんが、決まりでしょう。長島は木戸にゴルフギャンブルに誘われ、負けが込んで、木戸から借金せざるを得なかった。違法ギャンブルに違法貸金じゃ、殺したくもなりますよ」

長島は、殺していないと言い張っているが、脅すためにナイフを持っていたことからなんらか傷つける考えもあったと思われても仕方がない。

ナイフは林に捨てたと供述している。現在、捜索中であるが、それが見つかり、木戸の血痕がついていれば長島の容疑は固まったと見ていいだろう。

しかし、場波は、どこか釈然としない気持ちを抱いていた。

「警部、まだ納得していないんですか」

譲二が不満げな顔で聞いた。一方、譲二は事件が、わりとスムーズに片付いて安堵している様子が、ありありだ。それなのに責任者の場波が納得していない。そうなると事件が終結をみない。それが面倒なのだ。

「どうして林に木戸が来ることがわかっていたんだろう?」

「そりゃ、市営ゴルフ場にこっそり忍び込むには、あの林から侵入するしかないからですよ。玄関から堂々と入ったら、プレーもしないのに怪しまれるでしょう」

「うーん?」

場波は腕を組んだまま天井を睨んでいる。

「侵入はそれで説明できる。しかし木戸が17番でOBを打って林に入って来るなんて予測はできないだろう。これをどう考えるんだ。長島は、林から侵入して木戸のプレーを追いかけて話し合いに臨むつもりだったと言っている。そして林に入ったら、そこに木戸が倒れていた。びっくりして腰を抜かしそうになったら、誰か来る気配がして慌てて逃げ出した。その途中でナイフを捨てた。これが事実なら木戸は誰か別の者に殺されたことになる」

「でも長島は、誰も怪しい者を見ていないんですよ。気配を感じただけです。嘘をついているに決まっています。木戸とは、17番ホールで偶然、鉢合せしたと考えられませんか？」

「偶然ね……。確かにそれはある。思いがけなく鉢合わせして、そこで揉めて、グサッ」

場波は、ナイフで人を刺す真似をした。

「借金がトイチで膨れ上がってにっちもさっちも行かなくなった長島は追い詰められてしまって、そこに偶然が重なったんでしょう」

譲二の心の中には早く事件を終わりにして、真子に会いたいという思いが溢れだしそうになっていた。真子の白く輝くような乳房が、目の前にちらついている。

「誰かに呼び出されたと考えられないか？　17番で話があると……」

「話なら喫茶店でもいいじゃないですか？」

「それはその通りなのだが、街中《まちなか》では会いたくない、知られたくないことだったら。あの林の中なら誰にも怪しまれない」

「でもゴルフの最中に、込み入った話など不可能ですよ」

譲二は呆れ顔だ。

「メモか何かを渡すだけなら時間はかからない。木戸がどうしても必要な情報って何だと思う?」

場波が譲二を見つめた。

譲二はしばらく考えていたが、「やはり金じゃないですか」と言った。

「この新聞を見てみろ」

場波が譲二に放り投げたのは反市長側の政治勢力が発行する市の情報紙だ。

「何が書いてあるのですか?」

譲二が情報誌を手に取った。

「市内の小中高の給食事業者を変更するらしい。この物価高で食材が高騰したために業者を変えるらしい」

「それが木戸とどんな関係があるんですか?」

「記事を読んでみろよ」

場波は言った。

「あれ?　木戸興業の名前があります」

譲二が驚いた顔で場波を見た。

「候補に挙がっているいくつかの会社の中ですが……」

「木戸の会社は、コロナ以降、不景気らしい。だから金貸し業にも手を出していた。今度は市内の学校給食を請け負うつもりなんだ。木戸は、浪川市長派だ。ここに挙がっている会社はすべて市長派とはいえないだろう。それにこの情報紙には公平、公正に選べと書いてある。東山支配人の話だと、木戸は市政にも影響力を持っているようだ。ということは市長にも献金をしているのだろう。だから当然に自分の会社が選ばれるべきだと考えている。だが、公正、公平となるとわからない……」

「浪川市長の弱みを掴む？」

譲二は、ようやく場波が何を考えているか理解して、小さく頷いた。

「私は、市長に会いに行く。お前は、木戸が金を貸している連中から事情を聴いてこい」

「はい」

譲二は勢いよく返事をした。やはり場波は、すごい。この事件はまだ終わらない。譲二は、真子の乳房の幻を目の前から振り払った。

「それと、お前が、なぜ木戸の名前を事前に知っていたのか？　その謎も解くんだ。ちゃんと説明してくれよ」

場波の言葉に、譲二は、ぞくぞくと背筋が寒くなる感覚を覚えた。なぜだかわからないが、何か悪い予感がしたのだ。

場波は、自分を疑っている？

@流星市役所　05.29.16:20

場波は、市長に面会をしようとしたが、一介の警部ごときの面会要求は簡単に聞き入れられない。

場波は、警察署長に市長との面会の斡旋を依頼した。

署長は、嫌な顔をした。なぜ市長を取り調べるのかと聞いた。場波は、市長を捕まえるわけではないと説明した。署長は、当たり前だと憤慨したが、渋々、市長との面会を調整した。時間はたったの10分である。

場波は、市庁舎の市長室に入った。市長の浪川は70歳である。市の公務員から順調に出世し、助役の時に市長選挙に出馬し、当選した。市長の任期は4年であるが、すでに3期12年を務めているが、次期市長選にも出馬する予定だ。多選批判の声も強い。

浪川は、「おうおう、ご苦労」と言い、ソファから立ち上がって場波を迎え入れた。

場波は、市長と2人きりで話すのは初めてのことだった。緊張はするが、それはいつもの犯罪者の取り調べ以上のものではない。

浪川の頭髪はすっかり禿げあがっているが、照《て》かり具合からみて精力的な印象を与える。中背で腹は出ていない。ゴルフ・シティ宣言したくらいだからゴルフで体を鍛えているのだろう。

「お忙しいところ申し訳ありません」

場波は言った。

「いいよ。気にしないでくれ。どうぞそこに座って。話を聞こうじゃないか」

浪川は、場波にソファを勧めた。場波は、浪川と向かい合って座った。

「殺された木戸さんのことで二、三、お聞きしたいことがありまして参上いたしました」

場波の言葉に、浪川は苦痛の表情を浮かべた。

「木戸さん、酷いことになりましたな。残念です。犯人の目星はついたかね」

「いえ、まだなんとも」

場波は眉根を寄せた。

「木戸さんは、市長の有力な支援者だったとお聞きしていますが……」

「ああ、私が流星市をゴルフ・シティにしようと公約した際、いの一番に賛成してくれた。それ以来、熱心に応援をしてくれている」

「物心両面で、ですね」

場波の目が光った。

「全て、合法だよ」

浪川の表情が一瞬、険しくなった。

「私は、市長に何か問題があると思ってお話を伺いにきているわけではありませんので、ご安心を」

場波は、穏やかに話した。

浪川は、ほっと息を吐いた。

「ところで市長は、市の学校などの給食事業の業者を刷新されようとしていますね」

「ああ、最近の物価高でコスト高になってしまったこともあるが、現在の業者に任せて3年が経過したからね。再度入札の時期かと考えたのだよ。同じ業者が落札してもいいのだが、やはり刷新を試みないと、癒着など痛くもない腹を探られるのが政治の世界なのでね」

「大変賢明な措置かと思います。その入札に木戸さんの会社木戸興業も参入されるようですね。それに関して一部の情報紙では、市長が支持者の会社を選ぶのをけん制する報道がありますが……」

「うむ、なかなか難しいことだね」

浪川が苦渋の表情を浮かべた。

「私たちの調べでは、木戸さんの会社は業績が悪化しており、彼は闇金営業にも手を付けています。それで今度は給食事業です。レストランなどは経営していますが、給食事業は初めてです。木戸さんの強引な性格からすると、市長はお困りではないかと……」

場波は言った。浪川は眉根を寄せ、渋面を作った。

浪川はややうつむき気味に考え込んでいる。

「木戸さんの会社を選べば癒着を疑われ、選ばなければ木戸さんの支援を失うことになる……」

場波は、浪川の心中を推し量るように話しかけた。

「警部、いいかな」

浪川が言った。

「はい、なんでしょうか？」

場波が答えた。

「今から話すことは、絶対にあなたの心の中に留めてくれないか。約束してくれるなら話すのだが」

浪川が、大きく肩で息をし、すがるような目で場波を見つめた。

「木戸さんを殺害なさったわけでないなら、私は口を噤みます」

場波は唇を閉じ、チャックをする動作をした。

「ははは、面白い。私は、殺してはいないよ」

浪川は笑った。しかしすぐに真面目な顔になった。

「では、話させてもらう。実は、木戸さんはね、私を脅してきたんだ。今まで散々、応援してきたんだ、給食事業を自分の会社に回せとね。それは無理だ、公正な入札で対応すると私は言ったよ。当然だ。すると、彼は、私の弱みを調べて、次の市長選では落としてやるというのだ。市長選は、来月だ。私は、なんとしても、もう1期やりたい。ゴルフだけでなく市民スポーツをもっと盛んにしたい。子育て支援も充実させ流星市に多くの若い人を呼び込みたいからね。やりたいことが、やり残したことがいっぱいあるんだ。それで木戸さんに邪魔しないでくれと必死で頼んだのだが、まったく聞き入れてくれない」

「それで市長は弱みを握られたのですか？」

浪川は弱々しく首を振った。

「それはわからない。しかし、誰にでも弱みの一つや二つはあるものだ。私にもね。彼は、なんらか知っているような振りをしていたよ。私は愛人の件だと、即座に思った」

「愛人？」

場波は訝しげに浪川を見つめた。お前、いったい幾つだ、７０歳だろう、と半畳をいれたくなった。浪川の頭の照かりが一層、ぎらついて見えた。

「私の妻は、５歳年上で、今、施設に入っている。認知症が進んでいるんだ。それなのに私には若い愛人がいる。そのことを世間に知られれば、おしまいだよ。妻を施設に入れて、自分は若い女性と関係を持っているのだからね」

浪川は情けないというか、悲しそうな顔を場波に向けた。

妻を施設に入れておきながら、自分は若い女性とうつつを抜かしている。この情報が知れ渡れば、間違いなく落選するだろう。

「いわゆる援助交際？　パパ活ですか？」

「そういわれてもしかたがない。私は純粋な恋愛だと思っているが、相手はそうじゃないだろうな。彼女には金銭的な援助を与えているからね。勿論、私費だよ。公費は断じて使っていない」浪川は強く言いこんだ。そして、「でもこんな関係は、彼女にとってはアルバイトみたいなものだろう。老いは悲しい」

浪川は薄く笑った。

場波は、腹立たしくなった。何が老いは悲しい、だ。バカなことを言うな。立場をわきまえろ。そして苦労を共にしてきた妻を大切に扱え。場波は、浪川を睨んだ。

「軽蔑するような目で見ないでくれ」

浪川は頭を下げた。

「女性の名前は伺いません」

場波は言った。

「ありがとう」

「それで市長は、木戸さんにどのように対応しようとされたのですか?」

「何度も入札から降りてもらうように頼んだ。実績がない業者に落札される可能性は少ないから。するとますます怒り狂って……。絶対にお前を潰すと罵詈雑言だよ。それで」

「それで……」

「木戸さんに親しい人に間に入ってもらえないかと相談した……」

浪川は場波を見つめた。

「それは誰ですか?」

場波は聞いた。

「市営ゴルフ場の支配人の東山だ」

「東山透さん、ですか?」

場波は目を瞠った。意外な人物が登場してきたからだ。

「東山は市の公務員待遇だが、私と同じ大学のゴルフ部の後輩で、私のことを非常に慕ってくれている。それでゴルフ・シティ構想の実現のために連れてきた男なんだ。彼は、水商売などの経験もあるので、木戸さんを説得してくれると思ったのだよ」

浪川の表情に不安がよぎった。

「東山か……」

場波は呟くと、「市長」と浪川を見つめて、強い口調で呼びかけた。

「失礼を承知で申し上げますが、その若い女性とのお付き合いはお止めになった方がよろしいかと思います」

「ああ」

浪川は、がくんと首をうなだれた。その顔には、哀れなほどの老いがにじみ出ていた。

@木戸興業　05.29.17:30

譲二は、木戸の会社の事務所に行き、専務の朝霧に貸し出し先のリストを要求した。

朝霧は、あっさりとリストを提供した。５０人ほどの名前が列記してある。

「トイチで貸しているそうですね。これは違法ですよ。わかっていますね」

譲二は朝霧に迫った。朝霧は、悲痛な表情で「はい、申し訳ありません」と言った。

「あなたと木戸さんが言い争っていたという情報があるのですが……」

「この貸し出しの件で揉めていました。私は、違法なことは止めるべきだと言ったのですが、木戸がなかなかウンと言わないものですから、つい……言い争うことになりまして」

「そうだったのですか」

「こんなことをしていたら本業の飲食業がさらにダメになりますから。私は必死でした。この木戸興業は、私と木戸で作り上げました。私にとっても大切な子供のようなものですから」

「よくわかりました」

譲二はリストに目を落とした。

「倉戸さんの名前もありますね」

譲二は、リストの中に事件当日、木戸と一緒にラウンドしていたゴルフチームドラコンのメンバーである倉戸優也の名前を見つけた。

「倉戸さんは、木戸のゴルフギャンブルの犠牲者ですよ。木戸は、賭けゴルフでメンバーから金を巻き上げて、借金させるのです」

「敵対するアルバトロスの長島も同じ目にあったようですが……」

「敵対チームでも関係ありません。木戸は、自分に勝ったら、借金はチャラにした上に100万円をやるなどと煽るものですから。若い奴らはすぐに餌食になるんです。木戸の左手は天性のもので、ボールを好きな方向にコントロールできるんですから」

「それじゃ倉戸さんも木戸さんを憎んでいたのですね」

「倉戸だけじゃないです。ドラコンのメンバーもアルバトロスのメンバーも憎んでいます。結構、木戸から金を借りてますから」

「最初におっしゃった話とはずい分違いますね」

譲二は、憤慨していた。

「すみません」

朝霧が頭を下げた。

「もう1人、一緒にプレーしていた大里さんはどうなのですか？」

「彼女の場合は、もうすぐ店を取り上げられるんですよ。儲からないから、彼女の『星空』を閉めて、ラーメン屋にするってね」

「ああ、そうですか……」

譲二は、木戸の無慈悲振りに呆れた。桜子は、木戸と愛人関係にあったと思われるのだが、情け容赦ない。

「大里さんは泣いてすがっていましたが、どこへでも行けって感じでした。ちょっと古いですが、貫一お宮みたいでした」

確かに古い。尾崎紅葉の金色夜叉の比喩だ。

「皆さんを警察署にお呼びしてじっくりお話を聞かねばなりませんね」

譲二は険しい表情で朝霧に告げたが、頭の中は真子のことでいっぱいになり、溢れ出しそうになっていた。

「わかりました。いつでも呼び出してください。何もかもお話しします」

朝霧は観念したように項垂れた。

「私は行くところがありますので」

譲二は真子と流星市駅前のスターバックスで会う約束をしていた。

場波は、間違いなく怪しんでいる。自分のことを……。真子にあることを確認しなければ。場波から命じられた木戸から金を借りた者たちへの事情聴取などできない。一番、不安なのは、真子が事件を事前に知っていた、知る立場にあったかどうかだ。もし知る立場にあったのなら、殺人の共謀ということになる。そんなことはあり得ない。あってはならないのだ。

譲二の目の前にスターバックスの見慣れた看板が現れた。

大きく深呼吸して、覚悟を決めたかのように「よしっ」と自らに声をかけ、店に入った。

「いらっしゃいませ」

店員が声をかけて来る。譲二は素早く店内を見渡す。目が合った。譲二の視線の先に真子が座っていた。いつもの明るい表情ではなく、悲しそうに見えた。それは譲二の悲しみが投影したためかもしれない。

譲二は、店員を無視して、まっすぐに真子のテーブルに向かった。

譲二は混乱していた。今、自分が何を真子から聞き出そうとしているか、全く整理がつかない状態だった。きっと表情は険しく、いつも真子と会う時のような優しさは微塵もないだろう。

譲二は、真子の前に座った。そしてふうっと大きく息を吐き、真子を見つめた。そして真子の手を握った。

「僕がここに来た理由はわかるね」

譲二は極力冷静さを保った。言葉を発した瞬間に、刑事としての自覚が沸々と湧き上がって来た。私情を殺して、真子に話を聞かなければ、自分は、この事件から手を引かねばならないだろう。

真子は、真剣さに溢れる表情で頷いた。

「私が、事件を予測していたようなことを言ったことが気になっているのでしょう？」

「そうだよ。真子は、知っていたのかい、事件のことを」

譲二の質問に、真子の目から涙が零れ落ちてきた。

「聞いてしまったの」

真子は一気に言った。そして項垂れた。

「詳しく話してみて」

譲二は穏やかに言った。

「事件が起きる数日前に事務所で、木戸さんを何とかしないといけないって……」

「誰がいたの？　その場に」

「私、聞いてはいけないことだと思って隠れていたから、はっきりとはわからないけど、支配人の東山さんと朝霧さんはいたと思う……」

真子は怯えたような目で譲二を見つめた。

譲二は、東山の名前を聞き、意外感を抱いた。なぜ、東山が登場するのだろう。

「その2人だけなのかい？」

譲二は質問を続けた。

「わからない……。でも他にも誰かいた気がするけど、私……私、怖くなってその場を離れたからわからないわ」

真子は、もう許してと言わんばかりの表情で、口を閉じた。

「東山さんがいた理由はわかるかい？」

譲二の質問に、真子は無言で首を振った。

「真子は聞いただけなんだね。本当だね」

譲二は念を押した。

「はい……」

真子は、テーブルに顔を伏せた。

真子はまだ何か隠しているのではないか。疑念を拭い去ることができない。譲二は暗澹たる思いで真子を見つめていた。

その時、やっと何も注文していなかったことに気づいた。

「いつものカフェ・ラテでいいか」譲二は真子に聞いた。真子は顔を上げずに小さく頷いた。

@取調室　05.29.17:10

取調室で場波は、東山と対峙していた。譲二が帰ってきても、ここには入れないようにと他の刑事課の警察官に伝えていた。

東山は落ち着いた表情で場波を見つめていた。

「木戸を刺したのは私です。申し訳ありませんでした」

東山は深く頭を下げた。わずかに表情が緩んだのは、殺人を告白したことで、胸の痞《つか》えが取れたのだろう。

「詳しくお話しください」

場波は言った。

「市長から、木戸に弱みを握られていないだろうなと詰め寄られました。市長の弱みは、女性です。これを木戸に知られたら、市長は終わりです。それでかなり焦っていました。実は、市長に女性を紹介したのは私なのです。市長は、その女性を見て、すっかり熱を上げてしまいました。彼女は、私の姪で、両親が離婚して、私が面倒を見ていました。残念ながら妻とは折り合いが悪く、家出を繰り返したりしていましたが、私のことは慕ってくれていました。それで木戸が経営する『星空』の大里桜子さんにお願いし、そこで働かせてもらっているのです。木戸とは、水商売仲間として知り合いました」

「その女性の名前は?」

場波の問いに、東山は苦渋の表情になり「言わないといけませんか?」と言った。

「お願いします」

場波は丁寧に言った。

「緑川真子といいます」

「わかりました。どうぞお続けください」

「私は、真子に会い、市長との関係を木戸に知られることが絶対にないように注意しろと言いました。すると、真子は、『叔父さんの目的は、木戸さんを給食事業の入札から手を引かせることでしょう』と言ったのです。『そうだ』と答えると『私は、叔父さんの役に立ちたいから、私を利用すればいい』と言ったのです。『どうするんだ』と聞くと『市長の女性スキャンダルを教えてやる』と言い、木戸をおびき出して脅せばいいと……。『脅すのは叔父さん、得意じゃないの』とも言いました。私の昔の商売を知っているからです。私は、関係していたクラブなどでヤクザとも渡り合っていましたからね」

東山は哀しそうに笑みを浮かべた。人に歴史ありとは言うが、穏やかな市の職員にもいろいろな歴史があるのだ。

「真子が立てた計画は……」

事件当日、木戸、大里、朝霧、倉戸が市営ゴルフ場でプレーする予定がある。それを知っていた真子は、17番でOBになるようなボールを木戸に打たせる。木戸にとってはOBになるようなボールを打つのは簡単なことだ。ボールを拾いに行く際に、東山が待っていて、木戸を脅す。それで給食事業から手を引けばいいが、もしそれが難しくても入札から手を引けば、市長の女性スキャンダルを教えることを約束するのでも良い。木戸にしてみれば、給食事業を諦めざるを得ないものの市長をスキャンダルで落選させることができるから話に乗るだろう。一緒にプレーする3人には計画を事前に承知させておけば、見て見ぬ振りをするに違いない。

計画の実態を話し終えた後、東山は「真子は、これを契機に市長との関係を清算したいと考えているようでした。私もそれがいいだろうと言いました。そこで木戸をおびき出す手紙は真子が作成しました。事件の日に17番で左の林にOBを打て。林の中で待っている。そこで市長のスキャンダルを教える。プレー仲間には何も言うなという内容でした。真子によると、手紙を読んだ木戸は、面白い、俺がゴルフ好きだと知っているなと薄笑いを浮かべていたようです」と言った。

「それで脅すだけなのに殺害に至ったのはなぜですか？」

場波は聞いた。

「現場で潜んでいた私は……」

東山は17番の林に身を潜めていた。隣の農地から低いフェンスを乗り越えて簡単に林に侵入できた。心臓の鼓動が外に聞こえるほど大きく、強く音を立てる。息をひそめていると、林の中に木戸が現れた。

東山は、覆面に迷彩服を着て、誰ともわからないようにしていた。

木戸は、「市長のスキャンダルを教えるというのはてめぇか」といきなり強面《こわもて》で近づいて来た。さらに「どうせ浪川の野郎に頼まれてきたんだろう。許せねぇ。どれだけ世話をしたと言うんだ。お前なんかに教えられなくても浪川の女癖の悪さは百も承知だ」と嘯く。「さあ、言えよ。お前の知っているスキャンダルとかをよぅ」と木戸は、東山のすぐ前にまで迫って来た。

「給食事業から手を引け。そうしたら教えてやる」と東山は言った。するとてめぇ、東山じゃねえか。バカな野郎だ。浪川の使い走りなんかしやがって」と言い、「人を呼ぶ」と騒ぎ始めた。木戸が体を反転させ、林を出ようとした時、そこには大里、朝霧、倉戸が立っていた。

「てめぇら、グルになりやがって」と木戸が言い、突然、駆け出しそうになった。引き止めようとした東山は脅すつもりで持っていたナイフで木戸を刺してしまった。木戸は「うっ」と小さく呻いたきり、動かなくなった。4人で、倒れた木戸を見下ろしていたが、暗黙に秘密協定を結び、東山はその場から逃亡し、大里、朝霧、倉戸の3人は口裏を合わせ、木戸が林から出てこないので探しに行ったら倒れていたことにした。

これが事件の真相である。

「左手首はなぜ切ったのか？　犯行をアルバトロスの仕業であると思わせようとしたのか？」

場波は聞いた。

「えっ、なんのことですか？」

東山は驚いた。左手首の損壊は全く知らないという。

ではいったい誰が、なんのために木戸の死体の左手首を損壊したのだろうか？

「真子のことは許してやってください。あの子は、誰か好きな人が出来て浪川や木戸らの薄汚い男の手から逃げ出したいと思っているようです。もしかしたら私が木戸を殺めることを想定していたかもしれません。そうなれば浪川も真子から手を引きますからね。私は、私は真子を我が子のように可愛がっていました。浪川に真子を紹介したのは間違っていました。真子は男関係の乱れがありましたので、それなら一層のこと市長と付き合った方がマシだと安易に考えてしまったのです。罪は私が負いますから、よろしくお願いします」

東山は穏やかな笑みを浮かべ、頭を下げた。

「うん……」

場波は、承知したともしないともとれる返事をした。

その時、苦渋に満ちた譲二の顔が浮び、憂鬱な思いに眉をひそめた。

@流星市警察 05.29.19:30

譲二は、流星市警察署に息を切らせて駆け込んだ。その時、両脇を警察官に挟まれて、署内の廊下を歩く東山の姿を見て、驚愕のあまり立ちすくんだ。東山は留置所に連れて行かれる途中だった。

東山を見送っているのは、場波だ。譲二は、場波に近づいた。

「やはり東山の犯行だったのですか」

譲二は、ようやくの思いで口に出した。つい先ほど、真子の話から東山の犯行を疑ったのだが、場波は一足先に東山の犯行を見抜いていたのだ。

「全て話してくれたよ」

場波が言った。

「どうして私も一緒に逮捕に関わらせてくださらなかったのですか?」

譲二は怒りを込めて場波に迫った。

場波は、譲二を見つめてわずかに口角を引き上げた。何か言いたげな様子だが、何も言わずに譲二の肩を軽く叩き、歩いて行った。

「どこに行くんですか?」

譲二が問いかけると、場波は振り返り、「長島が自首して来たよ。死んだ木戸の左手首を損壊したのは自分だとね。奴は、よほど木戸にゴルフで負けたことが悔しかったのだろうな。この左手さえなければと思ったら、気づかないうちにナイフで切り付けていたそうだ。大変なことをしたと嘆いていたがね。今、別室で事情を聴取しているから」と言い、再び譲二に背を向けると、軽く手を上げ歩き去った。

譲二は「ちっ」と舌打ちをした。場波は、自分を信頼していないのだと残念を通り越して無念さ、悔しさを覚えた。その理由は、なんとなく察しているものの心底では理解していない。真子のことだろうと推測しているだけだ。しかし、真子は事件には関係が無い……。否、関係していているはずがない……。

譲二は、場波の姿が消えていくのを廊下に佇んだまま見つめていた。

@木戸興業　05.30.13:00

場波は木戸の会社の事務所を訪ねていた。真子に会うためだ。

事務所のドアを開けた。

小柄な若い女性が応対に出てきた。真子だろうとすぐにわかった。

「緑川真子さんですか?」

場波が言うと、「はい」と真子は頷いた。

「少しお時間を頂いていいですか? 流星市警察の場波です」

場波は警察手帳を見せた。真子は警戒心を露わにしたが、「どうぞ」と場波を中に招じいれた。

「今、お茶をお入れします」

真子は、キッチンに行こうとした。

「いえ、結構です。すぐに退散しますから」

場波は言った。

真子は、立ったまま、場波を見つめた。

「東山透さんを逮捕しました。木戸愛介さん殺害容疑です」

場波が告げると、真子の顔から血の気が失せ、そして涙で目が潤んだ。

「東山さんが全て話してくれました」

「そうですか……」

真子は涙を拭おうともせず、場波を強い視線で見つめた。

「これは私の推測ではありますが、あなたは私の部下の辺見と付き合っておられるのではないですか」

「いえ……あのう……」

真子は逡巡した。

「何もおっしゃらなくても結構です。今の様子で十分にわかりました。ところで辺見は何も知りません。私がここに来たことも知りません。なおかつ、私はあなたを事件の関係者にしようとも考えていません」

「ありがとうございます」

真子は頭を下げた。

「辺見は、あなたを愛しているようだ。今後の付き合いをどうするかはあなた自身で考えて欲しい。辺見は、私が期待している部下なのでね」

場波は、それだけ言うと「それでは」と木戸の事務所から出て行った。

外に出て、振り返った。真子の姿が目に入った。視線を合わせていたが、真子が深く頭を下げた。場波はそれに応えて軽く頭を下げた。

真子が東山の逮捕を受けて、どの様な行動を取るか、それに応じて譲二がどうするか、それは2人に任せるしかない。もし真子が責任を感じて、譲二の前から姿を消したとしても、譲二はまだ若い。別れの痛手を乗り切るだろう。

東山が供述した中で真子の部分は削るしかない。また朝霧、大里、倉戸からも事情聴取しなければならない。彼らが真子の関与を知らないことを祈るばかりだ。

「やっかいだなぁ。これはＯＢになるかな……。しかし、大人の対応ってところだろう」

場波の頬を心地よい風が撫でて行く。立ち止まって顔を上げると、青空が広がっていた。五月晴れだ。ゴルフにはいい季節だ。しかし、あまりのめり込むのはよした方がいい。譲二にゴルフを教えるのは当分の間、止めておこう。

場波は、それがいい、それがいいと自らに言い聞かせた。

第3話

雀のカタビラ

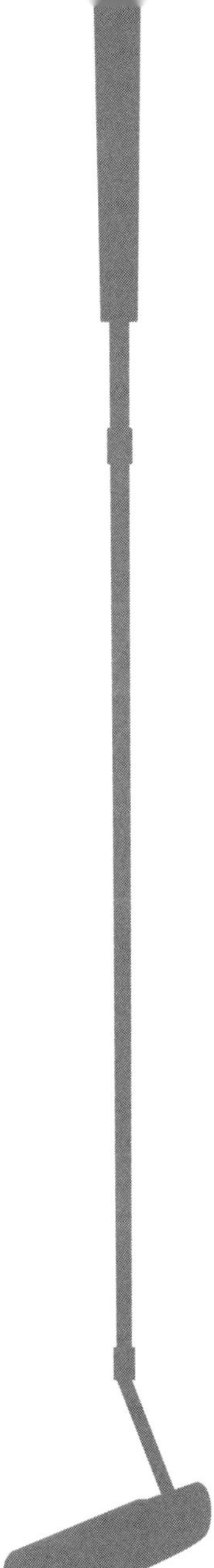

プロローグ

初夏のゴルフ場ほど美しい景色はない。冬の間、茶色に染まっていたコースに芝生が芽吹き、緑の絨毯と化し、それらを取り囲む木々も緑の葉を茂らす。緑の競演である。

流星市のゴルフ場である緑園《りょくえん》カントリークラブの1番ホールのティーグラウンドに立ったゴルファーは緑の美しさにため息をつく。初夏の爽やかな風に頬を撫でられながら、今から放つティーショットに思いを馳せる。ゴルファーにとってこの瞬間は期待と不安で、胸が押しつぶされそうになる。

このゴルフ場の緑を管理しているのがコース課に所属する職員たちである。

緑園カントリークラブのコース課には社員13人、派遣社員4人、パートタイマー4人が所属している。彼らをまとめているのは草場隆《くさばたかし》である。コース課に所属して40年にもなるベテランである。

草場の名声は、ゴルフのメンテナンス業界にとどろいている。彼が手を加えるグリーンは「神の手によるメンテナンス」という呼び声が高い。

緑園カントリークラブのグリーンはベント芝、フェアウエイは高麗芝、ラフは野芝である。それぞれの芝の特性を知り尽くしている草場はスタッフを指示して季節ごとに最高の状態を維持するように日々の努力を欠かさない。

グリーンの硬さはコンパクション・メーターで測る。芝生を刈りこんだ後、圧をかけ、硬さを調整するのだが、硬すぎるとナイスショットをしてグリーンをとらえたとしてもボールは外に飛び出る可能性が高くなる。柔らかすぎると、ボールは止まるが、緊張感がなく、面白みに欠ける。

通常はコンパクション23から25程度にするが、上級者が競う大会ではそれ以上にすることがある。こうなるとスピンをかけるか、高い弾道で上空から落とすか、しなければグリーンにボールを止めることはできない。アマチュアゴルファーは、プロ並みとまでは言わないが、それに近いボールを打たねばならないだろう。

グリーンのスピードはスティンプメーターで計る。グリーン上でスティンプメーターからボールを転がす。ボールがどちらにも転がらない平坦な場所でスティンプメーターをセットし、ボールを置き、徐々に手元を持ち上げていくとボールが転がり始める。その位置でスティンプメーターを固定し、ボールが転がっていくのを見つめる。

草場は、この瞬間に胸のときめきを感じる。自分が想定しただけ転がるかどうか見届けるのだ。スティンプメーターの長さは3フィート。ボールが停止した距離がスティンプメーターの3倍であれば、スピードは9である。

グリーンの芝の刈り込みや硬さを調整して、時には4倍の速さ12フィートに仕上げることがある。

ゴルファーたちに本日の速さを12フィートと記した看板を表示する。

どんな感想だろうかと草場はゴルファーたちの様子を眺める。

「おいおい12だぜ。どれだけ速いんだ。プロの大会並みだ」

「どうやって打てばいいんだ。上につけたら触るだけでもグリーンを出ちゃうんじゃないか」

ゴルファーたちの悲鳴が聞こえるが、彼らの表情は明るい。皆、速いグリーンへの挑戦に胸を高鳴らせているのだ。

草場は、「俺のグリーンに勝ってみろ」と不敵な笑みを浮かべたものだった……。

しかし、それは以前の話だ。今の草場は仕事が面白くない。というのは緑園カントリークラブが、ゴルフ場を多数保有する外資系会社に売却されたからだ。それからというものビジター客をどんどん入れる方針に変化し、グリーンの硬さも速さも素人ゴルファー相手になってしまった。

硬く締まった高速グリーンではパットに苦労するため、プレーの進行が悪くなるからである。

プレーの進行を悪くしているのは、グリーンが硬く、速いからではない。

まともに練習もしたことがない初心者ゴルファーが増えたのだ。彼らはフェアウエイをアイアンで掘ったディポットを目土もせずそのまま放置し、グリーン上のボール跡を修復もしない。マナーがなっていないのだ。

そのため緑の絨毯のあちこちにほころびが目立つようになった。

草場は、それらを毎日、修復し、なんとか良い状態を保つように努力しているが、やっても、やっても追いつかない。そろそろ限界に近付いている気がしていた。

さらに草場を悩ましているのが雀のカタビラである。

これは普通にみられる雑草なのだが、グリーンの大敵なのだ。これがグリーンにはびこりだしたのである。

丈の短い雑草だが、根が深く、強く地下に入り込む。花という白い穂が出ると、緑のグリーンに斑点が現れ、まるで痘痕のようになってしまう。これでは景観が台無しである。

除草剤があるにはあるが、効果は限定的で、あまり利用しすぎると、芝生を傷めてしまう。草場の技術をもってしても根絶が難しい。手で根から引き抜くしかないのだ。

この雑草の種を撒いたのは、馬鹿な素人ゴルファーの靴についてきたのか、それとも誰かが……。

ゴルフコースは暗闇に沈んでいる。その中で唯一明るい光に包まれているのはクラブハウスだ。その方角から歌声が聞こえて来る。草場はその方向を振り向いた。

「確か……。あの歌はオペラ・トゥーランドットのアリア『誰も寝てはならぬ』だな。誰も寝てはならぬ、誰も寝てはならぬ……」

今日は、クラブがメンバーなど関係者を招待して、クラブハウス前の練習グリーンで無伴奏のアカペラでオペラの鑑賞会を行っているのだ。

「気楽な連中だ。こっちは寝ないで雑草抜きだ。しかし、いい声だな。疲れが取れる気がする。ここは最高に、歌声が良く聞こえる場所だ。私だけの場所だ……」

草場は目を細め、歌声に聞き入った。手には雑草を握りしめていた。

@クラブハウス 06.10.21:00

「皆さま、薄暮《はくぼ》緑園コンサートにご参加いただきありがとうございました」

支配人の柏原《かしわばら》一郎は集まった30人ほどの客の前で挨拶をした。

「緑園カントリークラブは皆様方のお蔭で順調に業績を伸ばしております。今宵は、日本を代表するオペラ歌手木元《きもと》まゆみさんのアリアを楽しんでいただけましたでしょうか？　それではお時間となりましたのでこれでお開きとしたいと思います。今後とも緑園カントリークラブをよろしくお願いします。それでは最後に木元まゆみさんへ感謝を込めて、今一度、拍手をお願いします」

柏原は、真っ赤なドレスを着て、にこやかな笑みを浮かべ、グリーン上の舞台に立つまゆみに向かって拍手をした。

まゆみが膝を屈する礼をすると、客たちが立ち上がって大きな拍手をした。ブラボーという喝さいの声も聞こえた。

時間は9時を過ぎ、夜のとばりが下りていた。

「では皆さま、お気をつけてお帰りください」

柏原が言った。

客たちは、楽しかったね、こんなイベントもいいわねと声をかけあいながら出口に向かって歩いていく。

「好美、どうだった？」

出口のところで待っていた場波が声をかけた。

「素敵だったわ」

好美が満面の笑みで駆けてきた。

「よかったなぁ。駐車場に車を停めてあるから、行こうか」

「ありがとう、あなた」

好美が場波に腕を絡ませてきた。

「止せよ」

場波が慌てた。

「いいじゃないの。せっかくドレスアップしてきたんだから」

好美は、黒っぽいパーティドレスを着て、小さな黒のハンドバッグという装いだ。オペラのアリアを聴くということで、唯一、持っているドレスでおめかししたのだ。

「まあ、いいか。お前、そのドレス、似合っているぞ」

場波がにやりとした。

「これしか持っていないけどね。うふふ」

好美が笑った。

「しかし、グリーン上で野外オペラとはしゃれているな」

「そうね、あなたのコネのお蔭で楽しませてもらったわ」

「コネっていうな。これは内緒だ」

場波は指を唇に当てた。

「わかっているわよ」

実は、場波も好美も緑園カントリークラブの会員ではない。当然のことながらコンサートに来る資格はない。ところが好美が来ることができたのは、柏原の好意のお蔭である。場波と柏原は地元の会で知り合い、2度ほど酒を酌み交わしたことがある。柏原にとって地元警察の場波と知り合っていることにメリットがあると考えたのだろう。

「誰か知った人はいたか?」

「いないわよ。あんな名門ゴルフ場に、たかが警部の妻の知り合いがいるわけないでしょう?」

「たかが警部で悪かったな。でも最近は、名門らしさがなくなったようだよ。外資系のインターナショナルゴルフカンパニー（ＩＧＣ）に買収されて色々な客が来るようになったからだと支配人が言っていたよ」

場波は、柏原が、往年の緑園カントリークラブの良さが失われたと嘆いていたのを思い出した。それも時代の流れだと……。

「それにしても木元まゆみの歌声は素晴らしかったわ。あんな世界的なオペラ歌手をよく呼べたわね」

好美が感心したように言った。

「それこそ何かコネでもあったんじゃないのか。なあ、せっかくだからラーメンでも食って帰るか」

「えーっ」

好美は顔をしかめた。

「もう食事を頂きました。バイキングだったけど、コンサートの前に和洋中の料理がいっぱい提供されたのよ。お寿司もあったわ」

「酒もか?」

料理のことは聞いていなかったので場波は驚いた。表情には、羨ましさが現れていた。

「勿論よ。ワインもビールも飲み放題。私、ワインを3杯も飲んじゃった」

「くそっ。俺が行くんだったな」

場波は悔しそうな顔で、車のドアを開けた。

「家で、残り物でお茶漬けでも食べたら?」

好美は得意そうな顔で車に乗り込んだ。

「俺は、茶漬けか。ああぁ」

@場波邸　06.11.07:00

場波が、自宅から警察署に出かけようとしていた時、携帯電話がけたたましく鳴った。

「譲二か」

場波が耳に当てると、譲二の慌てた声が入って来た。

「どうした？」

「すぐに緑園カントリークラブに来てください」

「なにがおきたんだ」

「死体が見つかりました」

「殺しか？」

「まだなんとも……。検死の為に北本先生ももうすぐ到着されます」

「何かあったの？」

好美が心配そうな顔で言った。

「うん……。緑園カントリークラブで事件だ」

「えっ」

好美が口を両手で押さえ、驚き、目を瞠った。

「事件って、まさか？」

「ああ、人が亡くなったようだな。じゃあ、行くから」

場波は表情を曇らせ、自家用車に乗り込んだ。車種はプリウスだ。

「気をつけてね」

好美は表情を強張らせたまま、場波を見送った。

場波は、緑園カントリークラブに到着した。

バブル時代にクラブハウスを改装したのだが、英国のシャトー風の石造りの建物は、まさに紳士たちが集うにふさわしいたたずまいだ。外資系企業が買収に及んだのはこの建物に惚れ込んだからかも知れない。

大理石の柱がエントランスの天井を支えている。そこに場波はプリウスを停車させた。

近くには救急車や警察車両が2台駐車していた。

昨夜、好美を迎えに来た時は、幸せな気分だったが、まさか不幸な事件が起きるとは想像すらしていなかった。

「警部、こちらです」

車を降りると、すぐに譲二が駆け寄って来た。

今日は、通常の営業日であるため予約していたゴルファーたちが車寄せに続々と到着してくる。

スタッフが大慌てでゴルファーたちに臨時休業だと伝えている。警察の車両を見て、何が起きたのだと不安な表情を見せるゴルファーがいる一方、大声で怒り出す者もいる。

柏原がフロント前で、彼らにひたすら頭を下げている。ゴルファーたちに、クラブから「お詫び」と印刷された封筒を手渡している。詫び状だけならいいが、多少でも詫び料を入れていれば、予約解消に加えて大損害だろう。

場波は、忙しく動いている柏原を横目に見ながら事件現場に急いだ。18番ホールのグリーンの傍だ。

「北本先生、お疲れ様です」

現場にはいち早く北本が来ていた。清潔な白の作業服を着用してかがんでいる。

「おお、場波さん、おはよう。朝早くからごくろうさん」

マスクをしたまま北本が顔を上げ、場波に言った。

「コロシですか」

「うーん、どうだろうね。病院にご遺体を運んで調べないと、なんとも……」

北本が考えるような表情になった。

「ガイシャは草場隆50歳。緑園カントリークラブのコースメンテナンス課の責任者です。遺体の発見は同じ課の秋山健一《あきやまけんいち》です。今朝7時ごろ、ここに倒れている草場を見つけました。コースメンテナンス課は朝6時半には出勤しています」

譲二が答えた。

遺体は、あおむけに倒れている。服装は紺色の作業服だ。

「先生、亡くなったのは何時ごろですか？」

場波が聞いた。

「遺体の硬直状況を見て、昨夜から今朝までということになるが、まあ午後9時前後だね」

北本は言った。

その時間は、オペラコンサートが行われていた。そこには妻の好美がいた。

「現場で不審な点は？」

「遺体の周りの草の状況を見ると、誰かといたことは間違いない」

遺体の周辺の草は足で踏まれて多くが倒れている。

「それに頸部に傷がある。ここに当たったようだ」

北本が指さすのは、松の切り株だ。よく見ると血痕がある。

「どういうことですか？」

「想定するに、誰かと揉み合って押されて仰向けに倒れたんじゃないかな。そしてこの切り株で強く頸部を打ったのだろう。その時は、死ぬことはなかったが、その後、何かが起き、死に到ったと考えられるね。おそらく血栓ではないかな」

「血栓？」

場波が聞き直した。

「ガイシャの健康状態を調べる必要があるね。頸動脈を強く圧迫されたことで血栓が脳に到達して、亡くなったと考えられる。極めて珍しいケースだが、外傷がないことから体内の変化が原因かもしれない」

「すると事故ですか？　転んでその木の根で頭や首を打ったせいだと……」

場波が首を傾げた。

北本は首を横に振った。否定したのだ。

「すると……、やっぱり」

「コロシだね。犯人に明確な殺意はなかったかどうかは別にして彼が倒れて苦しんでいるのを放置したのなら、その時、死んでしまうかもしれないと思っただろうね。それはコロシと言えるだろう」

場波は草場の遺体を見つめて、人間とは脆いものだとあらためて思った。

場波は、草場の手に何かが握られているのに気がついた。膝を屈し、手を掴み、指を広げた。それは丈の短い雑草だった。

「先生、これは？」

場波は北本に聞いた。

「雀のカタビラだね」

北本は即座に答えた。鑑識業務は幅広い知識が無いと不可能である。北本は植物の知識もあるに違いない。

「面白い名前ですね」

「あれをご覧なさいよ」

北本がグリーンを指さした。早朝はまばゆいばかりの光に溢れている。グリーン上にも光が躍っている。しかし緑が鮮やかなはずなのだが、ところどころにくすんだような箇所がある。緑に灰色を混ぜたように見える。

「美しい緑の中に斑入りがありますね」

「そうなんだよ。雀のカタビラは、しつこい雑草でね。グリーンの大敵なんだ。亡くなった彼は、この雑草を手で抜いていたんだね」

「除草剤を使えばいいのではないのですか？」

「そうする人もいるんだが、芝生まで傷めてしまう可能性が高い。聞くところによると彼は、その道では相当な人で『神の手』と言われているらしいね」

北本が譲二に答えを求めるかのように視線を向けた。

「はい、そうなんです」

譲二はメモを広げた。

「ガイシャの草場隆はグリーンキーパーの世界では超一流との評価が高く『神の手』といわれているそうです。緑園カントリークラブ一筋で４０年勤務し、アメリカにも留学させてもらったようですね」

「グリーンキーパーで留学か……。それはすごい。だったらこの斑入りのグリーンは我慢できないだろうな」

草場の遺体は、袋に収められている。北本の病院に運ばれ、死因の確定のために解剖されるのだ。

「草場は相当、怒っていたようです」

譲二が言った。

「何に怒っていたんだ」

「緑園カントリークラブは外資系のＩＧＣに買収されました。それで多くのビジターが来場し、雑草を持ち込んだに違いないって……」

「そうなのか」

場波は、再びグリーンを見つめた。緑の芝生の中のまだら模様は、まるで草場の涙の跡のように思えた。

「ところで昨夜はコンサートがあったはずだが、来場者のリストはあるか？」

「これです」

譲二がペーパーを場波に渡した。

「興味深い人物の名前があるんです」

譲二がニヤリとした。

「誰だ？」

場波は譲二に振り向いた。

再び、譲二は口角を引き上げ「夏の夕べにオペラのアリアを聴くなんて優雅なお暮らしの方がこんなにいるんですね。羨ましい限りです」と言った。

「譲二、お前の皮肉っぽい口調はもういい。誰だ、その興味深い人物は？」

場波の表情に苛立ちが見えた。譲二は、なかなか見込みのある男なのだが、世の中を僻んでみる傾向があるのだけは少し問題がある。捜査に偏見が入る可能性があるからだ。気になるたびに注意をしているのだが……。

「その人物は冨田好美です。警部の奥様です。容疑者リストに入れますか？」

「馬鹿野郎！　さっさとコンサート関係者と草場との関係を洗え！」

場波は怒鳴った。

「はい、はい」

譲二は薄笑いを浮かべた。

@支配人室　06.11.08:15

場波は、柏原と会うことにした。

昨夜のコンサートは、柏原の好意で好美が楽しむことができたのだが、その礼を言う前に、事件が起きてしまった。

支配人室で待っていると、疲れた表情で柏原が入って来た。

「お疲れ様です」

場波は慰めの声をかけた。

「ああ、冨田さん、いや、もう大変ですよ。予約客を断ると、怒り出す人もいて……。でも事件の詳細もわかりませんから説明のしようもなくてね」

「お察しします。ところで昨夜のコンサートは、妻も非常に楽しんだようでして、ありがとうございました」

場波は頭を下げた。

「いえいえ、お安い御用です。でもこんな事件が起きていたなんて、ちょっと信じられないと言いますか、ぞっとします。場波さんと知り合っていてよかったです」

柏原は不安な表情で「やっぱり殺されたのですか?」と聞いた。

「さあ、今のところはなんとも……。検視医の意見では、殺人だと……」

場波は眉根を寄せた。

「ああ、なんてことだ。ゴルフ場で殺人なんて……」

柏原は両手で顔を覆った。今、彼の頭の中では、亡くなった草場のことより明日からの営業の心配でいっぱいなのではないだろうか？

「草場さんは、昨夜、あの場所で誰かと揉めたようですね。それで押し倒されて、木の根に頭か首筋を強く打ち、その結果、亡くなったのではないかというのです。詳しいことは検視結果が出たら判明すると思われます。さて、申し訳ないですがいろいろ聞かせていただけますか」

場波の問いかけに、柏原は「ええ、なんでも聞いてください」と真剣な顔つきになった。

「草場さんはどんな方でしたか？」

「彼は、当ゴルフ場に40年も勤務して、世間では『神の手』と言われるほどの名グリーンキーパーですよ」

「昨夜は何をされていたのですか？」

「実は、雀のカタビラという雑草が繁殖しましてね。それでグリーンを直していたんです」

「あんなに夜遅くまで……」

「ええ、実は、3日後に関東アマの予選会を当ゴルフ場で行うことになっていましてそれでなんとかそれに間に合わせようと……。当ゴルフ場はグリーンの素晴らしさで有名ですから」

「その雑草はビジターが持ってきてしまったとか……。ビジターを入れるようになって問題が発生したと不満を漏らしておられたと聞きましたが」

場波の質問に柏原は表情を歪めた。そして小声になった。

「私は、当ゴルフ場に勤務して12年になりますが、IGCに買収されてからというもの営業方針が変わり、ビジターを増やせということになりましてかつての緑園カントリークラブの良さがなくなってしまったと草場さんは不満を漏らしておられましたね。雀のカタビラの種はビジターの靴底に付いて運ばれてきたのかもしれません。もう1つ、あえて考えられることは……」

相原は思案げな表情をした。

「他に何かあるのですか？」

「鳳《おおとり》カントリークラブはご存じですか？」

柏原は周囲を警戒するような素振りを見せた。

「ええ、名前は聞いています。あちらも名門ですね」

場波は言った。

「あのゴルフ場は、春山ゴルフクラブと対抗していましてね」

「名門同士ですからね」

「ええ、そうです。それで草場さんを執拗に引き抜きに懸かっているんです。それで草場さんが当ゴルフ場に嫌気がさすように、わざと雀のカタビラの種を撒いたっていう噂があるんですよ」

「本当ですか」

ライバルゴルフ場のグリーンを荒らすために雑草の種を撒くなどという卑劣な真似をするものなのか。

「明確な証拠はないんですがね。グリーン上でポケットを裏返したり、何かを撒いたりするような疑わしい動きをしていたっていう報告があったのです」

「そんなことをして草場さんを引き抜けるんですか？」

「鳳カントリークラブは日本女子オープンゴルフ選手権を開催したいと思っているんです。それでどうしても『神の手』の草場さんを引き抜きたい。ところが草場さんは心を動かさない。それならば逆に草場さんを困らせることで引き抜こうと考えたんじゃないですか？ 実は昨夜のコンサートには鳳カントリークラブの理事長である桜内喜代治《さくらうちきよじ》さんも来られていたんですよ。彼は、鳳カントリークラブのオーナー一族の1人です」

場波は、譲二から受け取ったコンサートの来場者リストを見た。そこには桜内喜代治の名前があった。

「草場さんは、この桜内さんとの間にトラブルがあったのですか？」

場波が聞いた。

柏原は、より深く顔をしかめ「しつこくて困っていると嘆いていました」と言った。

場波は、桜内の名前に、持っていたペンでチェックを入れた。

「昨夜のコンサートのオペラ歌手の木元まゆみさんは、世界的に有名な方のようですね。失礼ですが、よくゴルフ場のコンサートに来てくださいましたね。これを相当はずんだのですか」

場波は指で輪を作った。多額の出演料を払ったのかと聞いたのだ。

柏原は、大げさに否定し、「それがですね。夏の夕べのコンサートを企画したら、草場さんが木元さんと親しいっておっしゃったのです」と言った。この時だけわずかに笑みを浮かべた。よほど嬉しかったのだろう。

「ほほぅ」

場波は驚きの声を上げた。世界的なオペラ歌手と神の手のグリーンキーパーが親しい関係にあるのか。どの世界でも一流同士は関係があるということなのだろうか。

「それで草場さんにお願いして、コンサートが実現したということです。本当は大々的にやりたかったのですが、木元さんのご都合などがあり、30人ほどの少人数となりました。きっと大々的に行うとマネージメント的に問題があるのでしょうね。ですからほとんど寸志程度の費用で済みました。すばらしいコンサートでしたのに、こんなことが……」

柏原は改めて涙を拭った。

場波は、昨夜のコンサート来場者に草場と問題を起こす可能性のある人間がいたに違いないと考えた。鳳カントリークラブの桜内、歌手の木元からも話を聞く必要があるだろう。今ごろ譲二が走り回って来場者たちから事情聴取をしているだろう。その回答を待つことにしよう。

「それにしても世界的オペラ歌手の木元まゆみを呼ぶなんて贅沢な連中ですよね」

譲二は来場者たちから聴き取ったことを場波に報告しながら嫌味っぽく表情を歪めた。

「外資系企業のやることだ。あまり僻むんじゃないぞ。報告を続けてくれ」

場波は譲二の報告を促した。富裕層への譲二の恨みを聞く気はない。

「わかりました。続けます。なかなか面白い人間が、あの夜のコンサートに集まっているんです。草場と揉めていた人間もいます」

「今のところ、容疑者はあのコンサートに来た人間ということだな」

「外部から全く出入りできないということはありませんが、その可能性は薄いと思われます。ところで、確認しますが、容疑者から警部の奥様を除いていいでしょうか」

譲二がわざとらしく言った。

「馬鹿なことを言うな。うちの奴が容疑者のわけはないだろう」

場波は、むっとした。

「では除外いたします。そこで、一番、興味深いのは生保レディの山下美枝、70歳ですね」

「生保レディ？」

「ええ、太陽さんさん生命のやり手です。この山下って言うのはなかなかの悪《ワル》でしてね。草場が相当損をさせられたようなのですよ」

「ほほう」

「草場は、親戚の叔母の遺産がかなり入ったようなのです。億円単位だったといいます。叔母には子供がいなくて、結果として草場が甥の立場で相続したのです。草場は両親との縁が薄く、幼くて両親を亡くし、叔母に育てられたんですね。それで遺産を相続した。ところが叔母は、山下に高リスクの保険商品を売りつけられていて遺産がかなり減ったらしい。それで草場は山下に損害を賠償しろ、そうしないなら、裁判に訴えるなどと迫っていたようです」

「しかし、損をしたのは、叔母の自己責任じゃないのか」

「そうなのですが、叔母はかなりの高齢で、判断力が衰えていたものと思われます。遺産を受け取るにあたって、その事実を知り、草場は山下に怒りをぶつけていたそうです」

「トラブルになっていたということだな？　あのコンサート中に草場と会ったかどうかを調べる必要があるな」

「はい、現場の18番ホールとコンサートが行われた練習グリーンはあまり離れていませんから、山下がコンサート中に草場に会うのは可能です」

「わかった。他には？」

「草場の別れた妻、桜内敏子も来ていました」

「別れた妻だって？　なぜコンサートに来ていたんだ」

「草場は敏子と3年前に別れたのですが、彼女は鳳カントリークラブのオーナー一族の1人なのです。それでコンサートに来ていました」

「桜内?」

場波が首を傾げた。

「それって鳳カントリークラブの理事長と同じ苗字だな?」

「はい。桜内喜代治の娘です」

「ほほう、そうなのか。それで2人の間にはトラブルがあるのか」

場波は、今回のコンサートはまるで全員が草場に関係があるのではないかと思えてきた。

「それが、あるんですよ」

譲二は、目を輝かせ、身を乗り出してきた。

「遺産ですよ、遺産」

「遺産問題か?」

「敏子との離婚は3年前です。叔母の遺産を草場が相続するのは離婚前からわかっていたのだから、敏子は自分にも寄こせと言っています」

「そりゃ、強欲だろう。叔母の遺産の相続権はない」

「その通りなのですが、巨額の遺産を受け取るのを黙っていたのは、信義に反すると裁判に訴えています」

「強烈だな」

場波は草場の妻の敏子の強欲さに驚いた。

「さらに、さらに興味深いのは、その理由の中に、木元まゆみのことがあるんですよ」

譲二は身を乗り出さんばかりになった。

「木元まゆみ？　いったいどういうことだ」

ふいに場波は柏原から聞いた話を思い出した。木元まゆみという世界的な歌手をゴルフ場コンサートに呼ぶことができたのは、草場のお陰だったというのだが……。

「木元は、草場の娘です」

譲二は言った。

「なんだって！」

場波は驚いた。

「いったい誰から聞いたのだ」

「桜内敏子からです。彼女は非常に怒っていましてね。草場は遺産の多くを木元に譲ることにしているのです。彼女の歌手活動を支援するためにね」

譲二はなぜか笑みを浮かべた。

「木元が草場の娘だなんて……」

「草場は20数年前にアメリカにグリーンキーパーの修業で、留学したのです。その時、既に敏子と結婚していましたが、留学先で付き合った日本人女性との間に生まれた子供が木元なんですよ。その女性は亡くなったのですが、木元は草場と連絡を取り合っていたようですね。そのことが敏子には許せないんです。敏子は草場との間に子供はできませんでしたから」

「浮気相手の子供に遺産を渡すってことか……」　場波は何かを考えるような顔になった。「もし、木元が遺産を早く手に入れたいと思ったら……」

「えっ」

譲二が驚いた。

「まさか木元が殺したっていうんですか?」

「その可能性はあるぞ。歌の合間に草場と会っていたらな。いくら世界的オペラ歌手でも金は必要だろう」

場波はじろりと譲二を見つめた。

譲二は、不愉快そうに表情を歪めた。そんなことはあり得ないという顔だ。譲二は、芸術家はどんな人間も善人だと思っているのだろうか。

「なあ、譲二」

「はい」

「コンサート中に席を空けた人がいるか、調べてくれ」

「わかりました」

場波は譲二の返事を聞きながら、妻の好美に同じことを聞こうと思っていた。

@場波邸　06.11.21:30

「今日の鮭は旨いな。塩加減が抜群だ」

場波は、夕飯に出された塩鮭に下鼓を打った。

食卓には肉じゃが、ヒジキと豆腐の白和え、もやしの味噌汁など場波の健康に留意した料理が並んでいた。

「その鮭は魚勝《うおかつ》さんのなのよ。大手スーパーで買うより、やっぱり地元の魚屋さんよね」

「そうだな。しかし魚勝も年を取って来たからな。後継者はいるのか？」

場波は塩鮭をつまみに、八海山を冷やでぐいっと呑んだ。

「息子さんはいらっしゃるけどね。ＩＴ企業に勤務されているから、魚屋さんは継がないんじゃないかな」

好美は眉根を寄せた。

場波は、好美の方が刑事に向いていると常々思っている。情報通であり、観察が鋭い。たいていの人が見過ごすことを見過ごさず、記憶している。

好美は、月に何度か近所のゴルフ練習場に行くのだが、どの人がいつ来て、いつ帰る。その間、ボールをどれだけ打つか、まで把握し、記憶している。

場波は、コンサートに参加していた好美が、来場者の動きを記憶しているのではないかと考えた。

「この間のコンサートのことだけどな」

場波は、ヒジキと豆腐の白和えを口に運びながら言った。

「どうしたの？　事件で進展があったの？」

好美は箸を置き、興味津々の表情になった。

「特にはない。そこでだ。お前の記憶力に頼りたいんだが、いいかな」

場波の真剣な表情に好美は姿勢を正した。

「どうぞ。なんでも聞いて」

好美は場波を見つめた。

「コンサートが始まったのは」

「午後7時からよ。ちょっと薄暗くなっていたわ。薄暮っていうのかしらね」

「それからどういう風に進行したんだ」

場波の問いに、好美は少し考えるような素振りを見せた。

「支配人さんが司会をされて、すぐに木元さんが歌われたわ。どれもこれも素晴らしい。アカペラでね。蝶々夫人の『ある晴れた日に』、フィガロの結婚の『恋とはどんなものかしら』などね。1時間ほど経って、休憩が20分ほどあったわ。そしてトゥーランドットの『誰も寝てはならぬ』。これは最高だったわね。最後は椿姫の『乾杯の歌』だったわ。終わったのは9時ごろね」

好美は、まだ余韻を楽しんでいるかのように目を細めた。

「7時から8時まで、そして8時20分まで休憩、9時終了だね」

「だいたいそんなところね。休憩中は、バイキング形式の食事やデザート、飲み物を頂いたわね。美味しかったわよ」

「ということは8時から8時20分までは会場から誰かがいなくなってもわからなかったのだ

ね」

「確かにそうね。みんな木元さんの歌に感動して、それを話題に食事をしていたから」

「そうか……」

　場波は腕を組んだ。誰か特定の人物が会場から消えたのならいいのだが、全員が２０分の自由な時間があったのだ。これでは容疑者を絞り込むことは困難である。

「残念そうね」

「誰か妙な動きとか、気になることとか、なかったかな」

　場波は、鮭の身をほぐした。

「そうね……」

　好美は考える風になった。

「私の隣にいた女性は、ずっと木元さんを睨んでいたわね。うっとりするんじゃなくてね。怖い顔だった」

「歌っている間中？」

「そう、まるで今にも怒りが爆発するみたいだったわよ」

「私、素敵な歌ですね、って声をかけたの。そしたらきっとした表情で、目を吊り上げて欲の皮の突っ張った女ですよって」

「ほほう……世界的なオペラ歌手にそんな言葉を投げかけるのかね。いったい誰だろう？」

「桜内って名前だったわ。下の名前までは憶えていないけど……」

好美は言った。

「えっ、本当か」

場波が驚いた。

「ええ、コンサートの案内の封筒を握りしめておられたから。その宛名を見たのよ」

「たいしたものだ。そんなものを見逃さないなんて俺の部下にしたい」

場波は感心して言った。

「あら、あなたの上司じゃないの？　部下じゃなくて」

好美は口角を引き上げ、にんまりとした。

「はい、好美警視殿」

場波は冗談めかして敬礼をした。

「あっ、そうだ」

好美が何かに気づいたのか、小さく声を発した。

「何か思いだしたか？」

「トラブルがあったみたい」

「トラブルだって？」

「そう、歌を聴いていた支配人さんをスタッフの人が呼びにきたのよ。それで支配人さんは血相を変えて、慌ててクラブハウスの方に駆けて行ったわ」

「戻って来たのか？」

「戻って来たけど、落ち着かない様子だったわね」

「そうか……。柏原さんに聞いてみる必要があるな」

場波が呟いた。その時、リビングの電話がなった。着信を見ると、北本からだ。

「もしもし、場波です」

「食事中だったかな」

「はい、まあ、どうされましたか？」

「なるべく早い方がいいだろうと思ってね。検視の結果をお知らせするよ」

「それは助かります」

「やはり現場で見立てた通りだね。首筋から頭部にかけて強い衝撃が加えられた結果、頸動脈内のプラークが剥がれて血栓となって脳に到達し、急性脳梗塞を発症し、死亡に至ったというわけだね」

「ではその時、適切な処置をしていれば助かったかもしれないということでしょうか？」

「あの現場を見た限りでは、ガイシャは誰かと揉めて、押し倒され、切り株に強く頸部から頭部にかけて打ったと思われる。周辺の草がかなり踏まれていたからこの推測は正しいだろう。倒れて、切り株で打った時は、意識があり、立ち上がったかもしれないが、その後、再び倒れてしまった。それほど時間は経っていないと思う。犯人が意図的にガイシャを放置したのか、それとも立ち上がったのを見て、安心して立ち去ったか……。それは逮捕してみないとわからないね」

「ありがとうございます。すると、犯人は今ごろ、怯えていますね。殺す意図があったか、どうかはわからないですが、草場が亡くなったことは事実ですからね」

「ああ、突発的な行為が重大な結果を生んでしまったことに恐れているだろう。殺人犯になるかもしれないからね」

「ありがとうございました」

「では、後はよろしく。今から私は妻とレストランで遅い夕食だよ。君のお蔭で、十分に働かせてもらうよ。ははは」

北本は笑いながら、電話を切った。

あの夜、草場に何が起きたのだろうか。いったい誰と揉めたのだろうか。北本は、周辺の草が踏まれている状況を見て、誰かと争いになったとみているのだが、もしかしたら草場の単独の事故かもしれない。例えば気分が悪くなり、転倒して、そのまま死に至ったということも考えられないだろうか。

場波は受話器を置きながら、桜内敏子に会ってみよる必要があると思った。

@太陽さんさん生命　06.18.14:00

具体的な進捗がなく1週間が経った。コンサートの参加者は30人、従業員も含めれば50人以上の容疑者がいることになる。曖昧で膨大な供述から、場波と譲二はようやく3人に容疑者を絞り終えた。その1人のもとへ向かっていた。

「ここだな」

譲二は、商店街の中にある事務所の入り口に立っていた。太陽さんさん生命の営業所である。草場と揉めていた生保レディの山下美枝と待ち合わせをしていた。

自動ドアが開き、中に入る。

「すみません」

譲二はカウンターにいた女性に声をかけた。

「いらっしゃいませ」

女性は、すぐに立ち上がり、にこやかな笑みを浮かべた。

「警察の者ですが、山下美枝さんにお会いしたいのです」

譲二は警察手帳を女性に見せた。女性はたちまち緊張した顔つきになり、「山下特別社員でございますか」と聞いた。

特別社員という言い方に奇異な印象を受けたが、譲二は「山下美枝さんですが……」と繰り返した。

「はい、ただいま、呼んでまいります」

女性は、まるで軍隊かなにかのようにくるりと体を翻すと、事務所の奥に消えた。

しばらく待っていると、女性が先頭に立ち、その後ろからやや小太りの年配女性が現れた。

彼女が山下美枝だろう。年齢は７０歳と聞いているが、肌はピンク色で張りがあり、一段と目立つのはやたらと紅《あか》く塗られた唇だ。髪の毛はふんわりと高く盛り上がり、淡い紫色に染めている。着ているのは、シックな濃いブルーのスーツに白のシャツである。縁《ふち》なしの眼鏡をかけている。いかにもやり手という雰囲気だ。特別社員というのは、敏腕生保レディの称号だろうか。

「私になにか？」

つんと顎を引き上げ、山下は譲二を見つめた。

「緑園カントリークラブでのことをお聞きしたいのですが」

譲二は丁寧な口調で言った。

山下は、わずかに動揺を見せた。女性に振り向き、「ちょっと出てきますから」と言った。

女性は「はい、行ってらっしゃいませ」と深く頭を下げた。

「ここでお話を伺ってもいいですよ」

譲二は言った。

山下は、目元に皺を寄せ「ここではね……。外に喫茶店があるから、そちらに行きましょう」と言った。

「では、お供します」

山下は通りに出ると、事務所の隣にある喫茶店に入った。今風のカフェではない。いくつかのボックス席があり、カウンターの向こうでは店主がコーヒーを淹れている。懐かしさを感じさせる雰囲気だ。

「ここのコーヒーは美味しいのよ」と山下は言い、「どうぞ」と席を勧めた。

譲二が席につくと、山下は向かい合わせに座った。

「コーヒーでいいかしら」

「ええ、お願いします。私は自分で支払いますから」

譲二は言った。

山下は、薄く笑って、「いいわよ。コーヒーくらいおごるから」と言った。

「公務中ですから、たとえコーヒー1杯でもおごっていただくわけにはいかないんです」

譲二は強く言った。

「お堅い事ね」

山下は艶然と笑みを浮かべた。

「緑園カントリークラブの草場さんがお亡くなりになったのはご存じですね」

譲二は言った。

「はい、お聞きしました。大変なことですね。どの様にお亡くなりになったのですか？　まさか殺されたってことはないでしょう」

山下は譲二の様子を伺うように見つめた。

「詳しいことは申し上げられませんが、草場さんとはトラブルがおありになったとか」

譲二の目が鋭くなった。

山下の眉間に皺が寄った。

「私が疑われているの？」

「そういうことではありませんが、トラブルの内容は深刻だったようですね。裁判沙汰になる可能性があったと聞いています」

店員がコーヒーを運んできた。香ばしい香りが譲二の鼻に届いた。

山下は足を組むと、右手でカップの持ち手を摘み、左手で台座を支えコーヒーを口に運んだ。

「悪いことは、なにもしていませんよ。草場さんの誤解です」

「でもかなり知れ渡っていますよ。あなたとのトラブルはね。あなたは緑園カントリークラブの有力なメンバーですね。それで随分多くの会員から保険契約を取っておられるんでしょう」

「それが悪いの？　特別社員っていうのは太陽さんさん生命に１０数人しかいないのよ。私はその１人。どれだけ営業成績を上げたかわかるでしょう」

山下はカップをテーブルに置いた。コーヒーはほとんど無くなっている。

「草場さんの高齢の叔母にリスクの高い保険を売ったのがトラブルになっているのではないですか」

「あのね、ちゃんとリスクがあるって説明しているの。それにさ、会社のノルマを果たすには高リスク保険を売らねばならないのよ。生保レディの仕事の厳しさがわかっていないわね！」

山下の声が尖って来た。

「いろいろ聞いたところでは草場さんの叔母は認知症が進行していたというじゃないですか」

「あなたね！」

山下の声が大きくなった。店内に客は多くないが、彼らが振り向くのがわかった。

「大きな声を出さない方がいいですよ。後ろ暗いところがある人ほど声が大きくなるのが普通ですからね」

譲二の目がますます鋭くなる。

山下は周囲を見渡して口をつぐんだ。

「あのコンサートの日、あなたは草場さんと会ったでしょう！」

譲二は、鎌をかけてみた。

山下の唇がわなわなと震えた。

「あなたは草場さんの訴訟を阻止したい。そのためには草場さんと会わねばならない。しかし、草場さんはなかなか会ってくれなかったのではないですか？　それでコンサートの日を狙った。草場さんが、あの日、残業していることを知っていたのですね」

「私は容疑者なの？　草場さんの亡くなったことに関係なんかしてないわ」

山下の息が荒くなってきた。

「会ったのですね。あの夜に」

譲二の強い問いかけに山下は冷や汗を拭った。

「会ったわよ」

山下は覚悟を決めたかのように肩を落とした。

「あの日、草場さんが残業するのは支配人さんに確認したわ。連絡してもなかなか会ってくれないから、なんとしても怒りを収めないといけなかったの。もし裁判にでもなったら特別社員の称号を剥奪されてしまうのは間違いなかったから。私は、悪くないのよ。裁判になっても負けることはない、と思う。だけど裁判になる事がマイナスになるのよ、わかる？」

　山下は譲二を見つめた。

「わかりますとも。それでどうしたのですか？」

「コンサートの始まる前の7時前だったかしら、草場さんのところに行ったわ。草場さん、グリーン上でしゃがんでなにか作業をしていたみたい。雑草を除去していたのかしらね。それで近づいて行って話そうとしたのだけれど、結局、ダメだったわ。それでコンサートが始まりそうだったので引き返したの」

「誰かそれを証明してくれますか？」

「アリバイってことね。それなら支配人が迎えに来て下さったわ。カートに乗ってね。それに乗って戻って来たの」

「柏原支配人ですね。確認します」

「私、緑園カントリークラブの長年の会員で、お客様のコンペを開催したり、会員を紹介したりしているから。支配人が気遣ってくれたのよ。カートの中で、『大変ですね』って労わってくれたわ」

「そうですか？　それじゃぁ、草場さんを押したり、突き倒したりしてはいませんね」

「当たり前よ。一言も、会話を交わしていないわ。草場さんに睨まれただけ」

　譲二は山下の答えを聞き、メモを置いた。

柏原に裏取りをする必要はあるだろうが、山下は、動機はあるが、草場を死に至らせる行動はとっていないと思われる。

「草場さんは、子供のいなかった母方の叔母さんの財産を相続することになって有頂天になっていたのよ。その叔母さんって言うのは山崎豊美《やまざきとよみ》さんて言うのよ」

山下は落ち着きを取り戻して話し始めた。

「山下さんのお客様だったのですか」

譲二は聞いた。

「長い付き合いだったわ。山崎さんは、私を信用してくれてね。子供がいないので甥の草場さんに財産を相続させようって考えているのだけど、どうかしらって相談を受けたのよ」

「信頼されていたんですね」

譲二は、先ほどとは打って変わって穏やかに話した。

「その通り。財産は、7億円くらいあったかしらね。山崎さんは婦人用下着の会社を経営されておられてね。その経営権を売却して老人ホームに入っておられたのよ」

「大変な財産ですね」

「そうなんだけどね。私、腹が立っているのは、草場さんは、長い間、山崎さんとは接触がなったのよ。山崎さんが連絡したのかもしれないけど、ある時からなれなれしく山崎さんに近づいて来たのよ。もうその頃には山崎さんは余命いくばくもなかったのね。そのことを知った草場さんは、しれっとね、私にどれくらい財産はあるのかって聞いて来たのよ。私が、7億円って言うとね。顔が崩れるほど喜んで、いつもらえますかって。山崎さんが早く死ぬことを願っているみたいでね。私、草場さんに財産を渡したくないって思ったの」

「それで無理やり高リスク保険を契約させたんですか」

譲二は険しい目つきになった。

「無理やりじゃないわ。でも、そういうつもりがあったと言えば、あったかもしれないわね。でも許せないでしょう？」

山下は、譲二に同意を求めた。

「あなたが許せないというのは関係ないでしょう。死期が近い山崎さんに多額の保険金を契約させて、ましてや損失を与えたのなら、あなたにも責任があります。草場さんの相続人があなたを訴えることになるんじゃないですか。覚悟していた方がいいでしょう」

譲二の厳しい口調に、山下はたじろいだ。

「あなた、今の話、誰かに話すつもりなの」

「警察は、捜査上、知りえたことを他人に洩らすことはありません。でもあなたの行為は許されるものじゃない。それだけは言っておきます。いったいいくら損をさせたのですか」

譲二が詰め寄ると、山下はうつむき気味になって「3億円ほど損をさせたかな……」と呟いた。

「3億円……。草場さんが裁判に訴えようというのは納得できますね。ではこれで失礼します。あなたの容疑が晴れたわけではないので、行き先はわかるようにしておいてください」

譲二は言い、席を立った。

山下は、不愉快そうに譲二を見つめた。

譲二は、喫茶店の外に出て、ふうとため息をついた。

許せないって。よく言うよ。山下こそ、山崎の遺産に、チャンス到来とばかりに飛びついたのだ。許せないのは山下の方だ。

それにしても7億円もの遺産を受け取ることになれば草場も人間が変わったとしてもおかしくはない。それが彼の死に結びついたのだろうか。彼は、ゴルフ場メンテナンスの真面目な職人だったが、多額の遺産を入手することになれば人間が変わってしまう可能性もあるだろう。

@鳳カントリークラブ　06.18.15:00

場波は、桜内敏子に会うために鳳カントリークラブに来ていた。

敏子は、草場と別れた後は、父親である桜内喜代治が理事長を務める鳳カントリークラブの事務員として働いていた。

鳳カントリークラブは流星市の名門ゴルフ場である。場波が聞いたところでは地元の資産家であった桜内家が発起人になって造られたという。そのため喜代治はかれこれ15年ほど理事長を務めている。その前は、喜代治の父親が理事長だった。見方によれば、桜内家のゴルフ場であると言えるだろう。

鳳カントリークラブのエントランスに場波はタクシーで乗り付けた。バブル時代に改造したクラブハウスはまるでアメリカのホワイトハウスのようだ。本物のホワイトハウスを見たわけではないが、全体が真っ白で、横に広く、玄関の三角屋根は何本もの柱で支えられている。優雅な印象ながら威圧感もある。

タクシーから降りると、男女が待っていた。男性は喜代治で女性は敏子だろう。

「お待ちしていました。理事長の桜内です」

喜代治がやや硬い笑みを浮かべて、場波を出迎えた。

「いやぁ、お忙しいところ申し訳ありません」

場波は言った。

「警察に協力するのは市民の義務ですから」

喜代治は言い、隣で神妙な顔で立っている敏子を見て「こちらが娘の敏子です。ここで事務員として働いております」と言った。

敏子は、真っ白なスーツ姿だ。とても事務員とは思えない。年齢は４０歳を過ぎているはずだが、若々しい。理事長の娘として特別扱いなのだろう。

「流星市警察の冨田です。今日はご迷惑をおかけします」

「よろしくお願いします」

敏子は緊張した様子で場波を見つめた。

「では理事長室へ参りましょうか」

喜代治が歩き出した。場波と敏子が後に続く。

理事長室も豪華な造りだ。壁には、ゴルフ場でプレーするプレーヤーの絵がかかっている。壁は濃い茶の板張りである。黒檀のような艶がある。執務机は畳一帖はあるだろう。これほど大きな机が必要なのだろうか。威厳のためだろう。

「どうぞそちらにお座りください」

場波は皮張りのソファに腰かけた。

「お飲み物はコーヒーかお茶のどちらがいいでしょうか？」

敏子が聞いた。

「温かいお茶でお願いします」

場波は言った。

紺の制服を着た女性事務員が場波の前に茶を置いた。

喜代治と敏子はコーヒーである。

「お忙しいところ申し訳ありません。草場さんがお亡くなりになったのはご存じですね」

場波は敏子を見つめた。

「はい」

敏子は目を伏せた。

「ご夫婦でしたね」

「はい、3年前に別れました」

「失礼ですが離婚された理由をお聞かせ願いますか？」

場波の問いに、敏子は不安そうに喜代治を見つめた。許可を求めているように見える。喜代治が頷いた。

「あの人、仕事ばかりで生活に面白みがなかったというのでしょうか？　うるおいが無かったのです。本当の職人でしたから。私と知り合ったのは緑園カントリークラブでしたが、海外に留学までした最高のグリーンキーパーで、ゴルフを始めたばかりの私には輝いて見えたのですが……」

「人生の出会いはたいてい輝いていますがね」

場波は、余計な一言を口にしてしまったと後悔した。

「そうですわね。最初は甘く、幸せなのですが、長くは続きません」

敏子の表情は暗い。

「それだけではないんです。冨田さん」

喜代治が口をはさんだ。

場波は喜代治に振り向いた。

「私がしつこく転職を迫ったのが良くなかったのです」

「どういうことですか？」

「草場が所属する緑園カントリークラブは外資系のＩＧＣに買収されましたが、我が鳳カントリークラブとライバルです。私は、我がクラブでメジャー大会を開催したいと考えていました。そこで何としても『神の手』と言われる彼を引き抜きたいと以前から試みていました。勿論、敏子も協力してくれました。しかし、彼は頑《がん》として私の誘いに乗りません。それどころか緑園カントリークラブでも全日本レベルの大会を開催しようという動きが始まったのです。それは彼の手によるグリーンで挑戦したいというプロがかなりの数、いるからです」

「それほどグリーンキーパーの力は大きいのですか」

「勿論ですとも。高速グリーンでありながら、ちゃんと打つとピタリと止まる。下手なショットには容赦ないですが、上手いショットには尊敬を与える。そんなグリーンを作れるのは、日本広しと言えど彼だけです。フェアウエイもラフもゲームを盛り上げるために細心の注意を払います。やはり上手いショットには尊敬を、下手なショットには罰をあたえる工夫が必要なのです。これがゲームを盛り上げます。日本のゴルフ場は海外に比べて易しいと言われています。だから日本選手が海外で活躍できないのだと……。私はその意見に賛成しているわけではないですが、どんな一流選手が挑戦してもアンダーパーでラウンドできるのは数人であるような極めてチャレンジングなコースに仕上げたいのです。絶対に緑園カントリークラブに絶対に負けるわけにはいかない。そのためには彼が必要でした」

　喜代治は拳を握りしめて力説した。

「それで草場さんを強引に引き抜こうとして夫婦間にも軋轢が生じたというのですか」

　場波は敏子を見つめた。

「草場は、父の強引さが好きではなかったようです」敏子は喜代治を一瞥した。「でもそれだけじゃないんです」

「そのことはわざわざ話さなくてもいいんじゃないか」

喜代治が敏子を窘めた。

「いいわよ。いずれわかることだから」

敏子は言った。

場波は、オペラ歌手の木元まゆみのことだろうと思ったが、黙っていた。

「草場が亡くなった日のコンサートで歌っていた歌手のこと、ご存じですか?」

敏子が聞いた。

「木元まゆみさんですね。世界的なオペラ歌手だと伺っています」

場波は答えた。

「ええ、そんな有名な歌手が、なぜゴルフ場の小さなコンサートで歌うことになったのか、お話ししましょうか」

敏子の表情にわずかに怒りが浮かんでいる。

「知りたいですね。ぜひお聞かせください。」

場波は慎重に答えた。

「木元まゆみさんは、実は草場の娘なのです」

「私どもでもそのことを把握しています。事実だったのですね」

「はい、事実なのです。私がそれを知ったのは離婚する前の年ですから4年前ですね。晴天の霹靂でした。相手の女性とは留学時代に関係があったようです。草場が35歳の頃です。私とは結婚していたのですが、草場が子供のことを知ったのは、帰国後、相手から連絡があったようです。草場はずっと秘密にしていました。４年前でしょうか、突然、木元さんが訪ねてきました。私は、驚きました。なぜ秘密にしていたのかと草場を責めました。私との間に子供ができなかったので、余計に怒りを覚えたのです。木元さんには、歌の才能がありました。草場は、彼女を支援すると言いだし、それで喧嘩が絶えなくなり、離婚に至りました。これが離婚の真相です。父がやろうとしていたことは、たいしたことではありません」

敏子は、喜代治を一瞥した。喜代治は黙って頷いた。

「あのコンサートの夜、草場さんは誰かと揉めて、押し倒され、切り株に強く、頸部から頭部を打ち、不幸にも血栓によって急性脳梗塞を発症されてお亡くなりになったのです」

「まあ……」

敏子は怯えたような表情になった。

「事故なのかね」

喜代治は聞いた。眉根を寄せている。

「事故と殺人の両面を考えています。草場さんが誰かと揉めたのは現場の状況からして事実のようですから、適切な処置をしていれば助かったかもしれないと思われますのでね」

場波は敏子を見つめた。

「それで私が疑われているというわけですね」

敏子の口調が強くなった。

「疑うというより、あの夜におられた方々にお話を伺っているだけです」

場波は落ち着いた口調で言い、「ところで草場さんは叔母から多額の遺産を受け取ることになっていました。もし自分に何かあった場合は、それは木元まゆみさんに譲るという遺言まで作成していたのです。そのことはご存じでしたか」と敏子を鋭い目つきで見た。

「草場から聞きました」

「そうですか。どう思われましたか」

「なにも思いませんでした。離婚していますから」

「確かにそうですが、離婚しておられてなければあなたは草場さんの財産の半分は受け取れますね。それを知っていれば離婚しなかったのではないですか？」

「そんなことはありません」

敏子は強く言い切った。

「草場さんは、遺言で財産を木元まゆみさんに譲ることにしている。まるで今回の死を予見していたようですが、あなたは本当に腹を立てなかったのですか？」

「なぜ、腹を立てねばならないんですか。もう他人ですよ」

敏子は怒った。

敏子は草場が譲られた遺産を巡って訴訟をおこしている。その事実を場波が知らないとでも思っているのだろうか。

場波は敏子をじっと見据えた。怒っているのが演技か、本気かを見抜くためだ。

「あの夜のコンサートの時間に草場さんと会いましたか」

「いいえ、会っていません」

「そうですか。嘘はすぐにばれますよ。あの場所には木元まゆみさんもいる。楽しそうに歌っている。わざわざそれを聞きに、なぜ出かけたのですか？」

「そ、それは私、緑園カントリークラブの会員でもあるんですよ」

敏子は声を詰まらせた。

「敏子、なにも後ろ暗いところがないのだったら正直に話したらどうかね」

喜代治が落ち着いた口調で言った。

「お父さん、私が嘘をついているとでも言うの」

敏子は喜代治を詰った。

「私は、コンサートの休憩時間に席を離れたのを見ていたんだよ。草場君のところに行ったんじゃないのか。あの日、草場君は残業してコースメンテナンスをしていたから。会場には来なくても、木元まゆみの歌声を聞きたかったのだろうね」

「やはり会ったのですね。草場さんと」

場波は敏子に迫った。

「はい、会いました。嘘をついてすみません」

敏子は不貞腐れたように顔を背けた。

「それが悪いんですか。木元まゆみの歌を聴いていたら、無性に腹が立ってきたんです。だってそうでしょう！」

敏子は、場波を睨みつけた。

「何億円もの遺産を相続することになっていることをわかっているのに、私には一銭も渡さず、あの女に渡そうっていうんですから。そんなの納得できますか？」

「さあ、どうでしょうかね」

場波は唇を歪めた。

「そりゃあね、離婚したから仕方がないですよ。でもね、わかっていたのですよ。ずっと前から。叔母さんが亡くなると、大きな遺産が入って来ることはね。それを教えてくれていたら離婚なんてするものですか」

敏子の怒りはとどまることを知らない。

「敏子、はしたないことを言うのは止めなさい」

喜代治がたしなめた。

「何がはしたないのよ。草場は、あの女が訪ねて来てからずっと私との離婚を積極的に考えていたのよ。私に遺産を渡さないためにね」

「草場さんは木元まゆみさんと出会って変わってしまわれたのですか」

「ええ、すっかり変わりました。草場は木元さんが自分の娘だとわかってからというもの有頂天になって、叔母からの遺産で彼女を一流の歌手にしたいと言い出したのです。その話を聞いて少しぐらい私にも権利があるんじゃないのと文句を言ったのです。長年連れ添ったなかじゃないですか。そしたら草場は全て彼女の為に使いたいので、もしものことがあったら困るので遺言も作るつもりだって。私には一銭も渡す気が無いって……」

敏子は目を潤ませた。哀しいのではない。悔しいのだ。

「それでコンサートの日、草場さんに詰め寄ったのですか?」

「裁判所にも訴えていますが、遺言を書き換えて欲しいと直接、頼んだ方がいいだろうと考えて休憩時間に草場が仕事をしていた18番ホールに行きました。会場のすぐ傍です。草場は、そこで彼女の歌声を聞いていたのでしょう」

「その時の様子を詳しくお話しください」

場波の問いかけに敏子は少し目を閉じた。記憶を呼び戻そうとしているのだろう。喜代治が傍らで心配そうに見つめている。

敏子が目を開けた。きりりとしている。覚悟が定まったようだ。真実を話す気になったのだろう。

「18番ホールに着くと草場はライトを照らしながらグリーン場でかがんで何か作業をしていたわ。何をしているの、と聞くと、草を抜いているって。相変わらず変わったことばかりに熱中しているわねって言うと、彼は立ち上がって、ゴルフ場の命は、このグリーンなんだって怒ったの」

「遺産のことは話されたのですか?」

「勿論よ。私、言ってやったの。あなたの隠し子がどんな歌を唄うのか聞いてやりたかったのってね。すると、隠し子かって、彼がにやりとしたのが見えたわ。すばらしい歌声だろうって満足そうに言い、俺は生涯かけて彼女を応援するんだって。私、かっとなって……、怒りで全身が燃えたように熱くなった。それで私だってあなたが受け取った遺産をもらう権利があるはずよって言ってやったの。書き換えなさいって」

「それで突き飛ばしたのですね」

「突き飛ばしてなんかいない。ほっぺたを思い切り、叩いてやった。すっきりしたわ」

「頬をですか?」

「そうよ。そうしたら彼、気がすんだかって草を掴んだ手で頬を撫でていた。気がすむわけない。あなたはその草と戯れていたらいいのよって言ってやった」

「草場さんはなんておっしゃいましたか?」

「怒った顔になってね。草と遊んでいるんじゃない。これは雀のカタビラって言ってグリーンの天敵なんだ。この雑草の種を誰かがグリーンに撒きやがったんだ。殺しても殺し足りないくらい憎らしいって。本気で怒ってたわ」

「種を撒かれたって言っていたのですか?」

「ええ」

「誰が撒いたのか、名前は言っていませんでしたか?」

場波が言うと、敏子は再び目を閉じ、しばらくして目を開け、頷いた。

「嫌なメンバーがいるんだって言ってたわね……。その人を注意したことがあって腹いせに種を撒いたのだろうって。名前はね、荒…荒畑…」敏子は必死で思い出そうとしている。自分への疑いを晴らさねばならないからだ。「荒畑雄三《あらはたゆうぞう》。ええ確かそんな名前だったわ」

「荒畑雄三……」

場波は招待者リストに書かれた名前を思い出そうとしたが、思い出せない。

「草場によると、その人はいわゆるカスタマーハラスメントで、キャディやゴルフ場のスタッフを苛めるらしいのよ。それで草場が思いあまって注意したら、喧嘩になったらしい。その腹いせに雑草の種を撒いたって。あの夜、その人を呼び出して草取りをさせるって息巻いていたわ」

場波は、ふいに好美の言葉があたまに浮かんだ。トラブルがあったと言っていた。もしかしたらコンサート中のトラブルとは荒畑に関係しているのではないだろうか。

「警部さん」

喜代治が言った。

「はい、どうかされましたか？」

場波は、喜代治を振り向いた。

「娘は、草場さんを殺してはいません。そんなことをする娘じゃありません。遺産を少しくらい分けてくれてもいいじゃないかと腹を立てただけです。草場さんは日頃から健康管理には気を使っていなかったと娘から聞いています。今回は、夜遅くまでかがんで仕事をしていたため、疲れなどから頸動脈内の血栓が脳を直撃したのではないでしょうか。事故ですよ、きっと。いずれにしても娘は関係ない。これだけは私が責任をもって断言します。絶対に関係ない」

喜代治は強く言い切った。もういい加減にして、帰れというメッセージだろう。

「これで失礼しますが、お嬢さんが嘘をついていなければいいですがね」

場波は皮肉っぽく口角を引き上げた。

「嘘はついていません！」

敏子がヒステリックに叫んだ。

@流星市警察　06.18.17:00

場波は、譲二から生保レディの山下美枝の事情聴取結果を聴いていた。

「と言うことは、山下にとって草場の死は願ってもないことだったんだな。裁判沙汰になるのを防げたのだから」

場波は言った。

「そうです。でも許せませんよね。高リスク商品を年寄りに売りつけて大損させたわけですから、なんとかできませんかね」

譲二は憤りを顕わにした。

「草場が死んだからこの事実を相続人の木元まゆみに伝えたらどうだろうか。山下を訴えるかどうかは彼女に任せたらいい。それと金融庁には情報提供しておく。彼らもこの問題は看過しないだろう」

「鉄槌を下してやりましょう」

譲二は拳を振り上げた。譲二は、金持ちには厳しいが、年寄りや貧しい者には優しく、思い入れが深い。その点に関しては刑事向きである。

「さあ、行くぞ」

場波は言った。

「どこへ行くんですか？」

譲二は、椅子の背もたれにかけていたスーツの上着を掴んだ。

「緑園カントリークラブだ。柏原支配人に会う」

場波は車に乗り込んだ。運転は譲二だ。

「えっ、支配人？」

譲二がハンドルを驚いた顔で場波を見た。

「奴が犯人だ」

場波は言った。

「えっーっ」

譲二は悲鳴のような声を上げた。

＊

場波は、荒畑雄三に会った時のことを思い浮かべていた。

荒畑は流星市で中小の土建業を営んでいる。会社は、緑園カントリークラブから車で約20分走ったところにある。灰色じみた古い6階建てのビルに「荒畑土建」の看板が掲げられている。

場波は荒畑に会う前に署に連絡し、コンサートの招待者名簿に荒畑の名前があるかどうか確認をした。名簿には名前がなかった。荒畑はコンサートに行かなかったのだ。しかし、敏子の話では、あの夜に、草場は荒畑を呼び出していた。もし、それが事実なら緑園カントリークラブが荒畑の入場を阻止しようとしてトラブルが発生したのかもしれない。それを好美が聞いていたと考えられる。緑園カントリークラブの阻止を振り切って、荒畑が入場し、草場と会い、揉め事となる。興奮した荒畑は草場を突き倒す。草場は転倒し、頸部から頭部を強く打ち、血栓が脳の血管が詰まらせ、死に至る……。こんなストーリーではないか。

警察を名乗り、面会を求めると、荒畑は沈んだ声で「わかりました。お待ちしています」と答えた。カスタマーハラスメント男だと聞いていたので、激しく反抗するのではないかと考えていたのだが、拍子抜けだった。

場波は事務所に入った。事務所には事務員の女性が1人だけいた。活気が感じられない。あまり景気がよくないのかもしれない。

女性は椅子に座ったまま場波を見て「どちらさまですか」と聞いた。

「流星市警察の冨田です。社長の荒畑さんにお会いしたい」

場波が警察手帳を見せた。

女性は驚いて、「社長！　警察の方がお見えです」と事務所の奥に向かって叫んだ。

奥の部屋のドアが開いた。男が現れた。色黒で、でっぷりとした腹が目立つ。頭は短髪で白髪だ。

「お待ちしていました。どうぞこちらへお入りください」

荒畑は目を伏せながら言った。

「失礼します」

場波は、事務室の中を抜け、社長室に入った。女性が不安そうに場波を見つめている。

「どうぞ、そちらにおかけください」

社長室は狭い。執務机と、資料棚があるだけだ。客用のソファはない。壁にパイプ椅子が立てかけられている。

「申し訳ないですが、貧乏会社なので、その椅子に腰かけてくださいますか？」

場波は、言われるままにパイプ椅子を掴み、それに腰を掛けた。

「草場さんのことですね」

荒畑はしおれた様子で言った。

「そうです。草場さんとトラブルを起こしましたね。あのコンサートの日」

場波は聞いた。

「はい」

荒畑は頷いた。

「正直に全てお話しください。もし、あなたが草場さんの死に関係があるなら、重大です」

場波の穏やかな口調に、荒畑の目が潤んだ。

「私は、緑園カントリークラブのキャディやスタッフに怒鳴ったり、苛めたり、苦情を言ったりして嫌われ者です。いわゆるカスタマーハラスメントってやつです。でもそれは緑園カントリークラブが好き過ぎてのことなんです。わかりますか」

荒畑は場波を見つめた。

場波が不思議そうな表情で小首を傾けた。

「おわかりになりませんよね。でも好きで好きでたまらない人を苛めてしまう人がいるのと同じで、私は、緑園カントリークラブが好きで好きで……」

「それでカスハラですか？」

場波はわずかに呆れた表情になった。

荒畑は、ふっと息を洩らし、寂し気に微笑んだ。

「それで柏原支配人に退会を迫られたのです」

場波は、荒畑の意外な証言に驚いた。

「退会ですか？　それはショックだったでしょう」

「ええ、もう死にたいくらいでした。なんとかしてくれとすがったら、支配人は『雀のカタビラ』の種をグリーンに撒いてくれ。こっそりとね。そうしたら許してやるって……」

種は柏原が準備した。雀のカタビラは3月から6月にかけて開花し、種をつける。どこにでもある雑草である。柏原は事前に種を採取していたのだ。

荒畑は、大人げなくも不安な目で場波に訴えている。

「そんなことをしたらグリーンがダメになりますね」

場波は言った。

「わかっています。それでなぜそんなことをするんだと聞きました。すると、支配人は、草場さんを引き抜きたいと言っているゴルフクラブがある、しかし彼はなんとしても承諾しない、条件をどれだけ釣り上げても、それでグリーンをダメにすれば諦めて、引き抜きに合意するんじゃないかって……」

荒畑は目を伏せた。

「なんてことを」

場波は絶句した。

「それでやったのですね。言われるままに」

「はい」

荒畑は頷いた。

「退会させられたくなかったからです。ところが種を撒いた現場を草場さんに見つかりましてね。それで詰め寄られてしまいました」

「草場さんとのトラブルとは、カスハラを咎められたわけではなく、雑草の種を撒いたからですか」

「ええ、そうなんです。彼は猛烈に怒りました。訴えるっていうんです。業務妨害だってね。『雀のカタビラ』はすぐに芽が出て、グリーンをダメにしますから、後始末が大変なのです」

「それでどうなったのですか？」

「私は草場さんに謝りました。本当は緑園カントリークラブが好きなんだって。それで正直に言ったのです」

「支配人に頼まれてやったってことですか？」

「そうです。草場さんは驚きました。そして激しく怒りました」

「当然ですね」

「それであの日……。あの日は彼にとって特別な日なんです。自分の娘である木元まゆみさんが歌うわけですから。そこで決着つけようって。本当に支配人がやったのか。その黒幕は誰かって」

「それであの日、あなたは招待されていないのにやって来た。そして支配人と揉めたわけですね」

やはり荒畑と支配人が揉めていた声を、好美は聞いていたのだ。

「その通りです。ところが支配人は、私を阻止しようとしました。それで揉めました。私は何もかも草場さんに話したから、草場さんに謝ってくれって支配人に頼みました」

「支配人はなんて言いましたか」

「観念したんでしょう。わかった。草場さんに謝ろう。そして一緒に『雀のカタビラ』を引き抜こうと……」

「それで一緒に草場さんのいる18番ホールに向かったわけですね」

「その通りです」

＊

「着きました。入り口で支配人が待ってくれていますよ」

譲二が車を車寄せにつけた。

荒畑は、柏原と2人で草場と会った際のことを詳細に語ってくれたが、柏原からも聞かねばならない。

場波は、険しい顔つきで車から降りた。

「本当に支配人が犯人なのですか?」

譲二は半信半疑だ。

「まあ、ついてこい」

場波は言った。

柏原が近づいて来た。笑みを浮かべている。

「警部さん、今日はなにを?」

柏原は、ゴルフ客を迎え入れるかのように穏やかな態度だ。

「柏原一郎さん、荒畑雄三さんからいろいろお聞きしました。そこで草場さんの件であなたからも詳しくお話を伺いたいのですが、署に同行してくださいますか？　それともここで？」

場波は聞いた。表情は硬い。

柏原の顔から血の気がさっと引き、青ざめた。

「支配人室にご案内します」

柏原は唇を震わせた。

「ではお願いします。行くぞ」

場波は譲二に振り向いた。

「はい」

譲二は言った。

場波と譲二は、柏原の案内で支配人室に入った。

柏原は、誰も入って来るなと事務員に伝えた。

場波は、柏原と向かい合って応接ソファに座った。

「あのコンサートの夜、草場さんと会いましたね。荒畑さんからも伺っています。正直に答えてください」

場波は言った。

譲二は、柏原の発言を聞き洩らさないようにメモを構えている。

「はい、会いました。荒畑さんと一緒です」

「会う目的は？」

「草場さんに謝罪するつもりでした」

「『雀のカタビラ』の種を撒くように荒畑さんに依頼したことですか？」

「そうです」

柏原は神妙な顔つきで場波を見つめている。

「なぜそんなことをしたのですか？」

「実は、鳳カントリークラブの桜内理事長に頼まれたのです」

柏原の発言に、場波は驚き、譲二を振り向いた。譲二も目を瞠っている。予想外の展開だ。

「桜内さんは、草場さんと離婚された敏子さんの父親でありますが、とにかくどんなことをしても草場さんを引き抜きたいと考えておられました。鳳カントリークラブでの日本女子オープンゴルフ選手権の開催を検討されているからです。ところが草場さんは全く承諾しません。実は私も桜内さんから鳳カントリークラブに来ないかと誘われています。これもその大会のためです。私は、好条件につられて承諾しました。すると、とにかくどんな手を使ってもいいから草場さんを連れて来いというのです。それが転職の条件だと……」

「それで『雀のカタビラ』の種を撒くことを思いついたのですね」

「はい、あの雑草はグリーンキーパー泣かせで、しつこいですからあんな雑草が根を張ったらさすがの草場さんも諦めるかと思ったのです」

場波は、腹立ちを覚えていた。喜代治が、絶対に敏子は何もしていないと強く言っていたことを思い出したからだ。あれは自分が今回の事件の黒幕であると言っているのと同然だったのだ。おそらく敏子も、遺言の書き換えの他に、鳳カントリークラブへの移籍を考えて欲しいと迫っていたのだろう。何もかもがあの親娘が原因だったのだ。

「私は荒畑さんと共に草場さんに謝罪しました」

「許してくれたのですか」

場波の問いに、柏原は眉根を寄せ、首を振った。

「荒畑さんはともかく、私のことは許さないというのです。支配人であるのにゴルフ場の営業を妨害した。警察に通報すると……」

「それで揉めたのですね」

「はい、私は自分の将来が壊されると思いました。彼の手には『雀のカタビラ』が握られていました。草場さんは、雑草を握りしめた手を私の前に突き出し、お前の人生をこの雑草みたいに引き抜いてやると言いました。もともと、草場さんはグリーンにこだわり過ぎていて、営業的にはマイナスのこともありましたから、頻繁に対立していました。それで私のことをよく思っていなかったのでしょう」

「どういうことですか?」

「グリーンが速くて硬くて、まるでプロのトーナメントみたいだって苦情が多かったのです。3パット、4パットの連続で、コンペの時など、試合にならなかったからです」

「なるほどね」

「この『雀のカタビラ』はどうしようもない雑草なんだ、あんたみたいだよ、ゴルフ場を愛していない人間なんて支配人失格だ、と草場さんは私に『雀のカタビラ』を投げつけました。それでかっとなって……彼を突き飛ばしました。すると彼はよろけて後ろに倒れました。ゴンと音がしましたが、彼は、頭を抱えながら立ち上がって、覚悟してろよ、と言いました。話し合いは決裂したと考え、私は荒畑さんと一緒に帰ったのです。もう自分の支配人としての人生が終わったと覚悟しました。まさかその後、草場さんが亡くなるなんて想像もしませんでした」

柏原はがっくりと肩を落とした。

「それで全てですか？」

場波は聞いた。

「はい、嘘はありません。あの日、着用していた服は洗濯に出していませんから『雀のカタビラ』が付着していると思います。制服のジャケットですから、こちらのロッカーにあります」

柏原は立ち上がり、ロッカーを開け、紺のジャケットを取り出した。

柏原は、ジャケットを抱えた。

「辺見、預かりなさい」

譲二は、ポケットからナイロン手袋を取り出し、それを手に嵌めると、ジャケットを受け取った。

柏原の話は、荒畑の話とも符合する。柏原は、殺意はなかったのだが、草場を突き倒した。それが不幸にも草場の死を招いてしまった。傷害致死罪に問うことになる可能性が高い。

「柏原さん、署にご同行を願います。もう一度、詳しくお聞きすることになるでしょう。」

場波は言った。

柏原は、項垂れ、両手で顔を押さえた。うっうっと嗚咽を洩らしている。場波は、柏原を憎いとは思えなかった。憎いのは、喜代治である。彼が柏原を追い詰めたのだ。しかし、彼を罰する法律はない。

「行きましょうか」

場波は柏原を促した。

柏原は、悄然と、立ち上がった。

「ご迷惑をおかけしました」

柏原は頭を下げた。

@鳳カントリークラブ　06.19.17:30

場波は、鳳カントリークラブに向かった。喜代治に会うためだ。一言、言わねば気がおさまらない。

場波が運転する車は鳳カントリークラブに着いた。

連絡をしていたので入り口に喜代治と敏子が待っていた。

場波は長居をするつもりはなかった。

「警部さん、なにか？」

喜代治が気難しそうな顔で、車を降りた場波に近づいて来た。

「緑園カントリークラブの柏原支配人を障害致死の容疑で逮捕しました」

場波は言った。

喜代治は驚いた顔になった。

「彼が……」

喜代治は、その後の言葉を続けられなかった。衝撃を受けたのだろう。

「あなたが『どんな手段を使ってもいいから草場さんを引き抜け。そうすれば好条件で鳳カントリークラブに迎え入れる』と言ったことが原因です」

場波は怒りを込めて言った。

「私のせいだと言うのかね」

喜代治が目を瞠り、場波を睨みつけた。

「あなたには大いに責任があると思います」

「柏原は、外資系に買収された緑園カントリークラブを辞めたがっていたんだ。だから手を差し伸べただけだ。私には責任はない」

喜代治は、憤慨し、踵を返し、クラブハウスに入って行った。

「敏子さん」

場波は、突然の事態の推移に茫然としている敏子に向き直った。

「あなたのお父さんの一言が、元ご主人である草場さんの死を招いたのです」

「申し訳ありません」

敏子は涙声で場波を見つめた。

「ところで今から木元まゆみさんに会いますが、ご同行されますか？」

「私がですか？　あの娘《こ》に会うのですか？」

敏子は疑問に満ちた顔をした。

「これは木元さんのご希望でもあるのです」

「あの娘が希望しているのですか？」

「そうです」

「木元さんは母に先立たれ、父親である草場さんも亡くなった。唯一、頼れるのはあなたしかいない。たとえ元妻であったとしても草場さんと長くお暮らしになった方です。どんな父親だったのか知りたいのでしょう。そのお気持ちを汲んであげませんか？」

場波は言った。

敏子は目を潤ませ、「わかりました」と言った。

「では、参りましょう。草場さんの手には『雀のカタビラ』が握られていました。おそらく死の直前まで雑草抜きをされていたのでしょう。激しい頭痛があったかもしれません。木元さんは緑園カントリークラブの18番ホールのグリーンでお待ちです。草場さんの最後の職場だった場所です。木元さんとどのような関係を結ぶかはあなたのお気持ち次第です。私の勝手な推測ではありますが、草場さんはあなたが木元さんを後見されることを喜ばれるのではないでしょうか」

「そうだといいのですか」

敏子は不安の混じった顔で言い、車に乗り込んだ。

草場の生前に敏子との和解は成立しなかった。しかし、死後の和解ということもあるのではないか。もし和解が無ければ、敏子は複雑な思いを抱いて、これから暮らさねばならない。なにせ父親である喜代治の言葉が、草場の死を招いたのであるから。

幸いにも木元まゆみが、敏子に会いたい、会って草場のことを聞きたいと言ってくれた。2人の出会いが、お互いの幸せな未来につながる可能性があればいいのだが。場波は、淡い期待を抱きつつ、アクセルを強く踏み込んだ。

第4話　ライバル

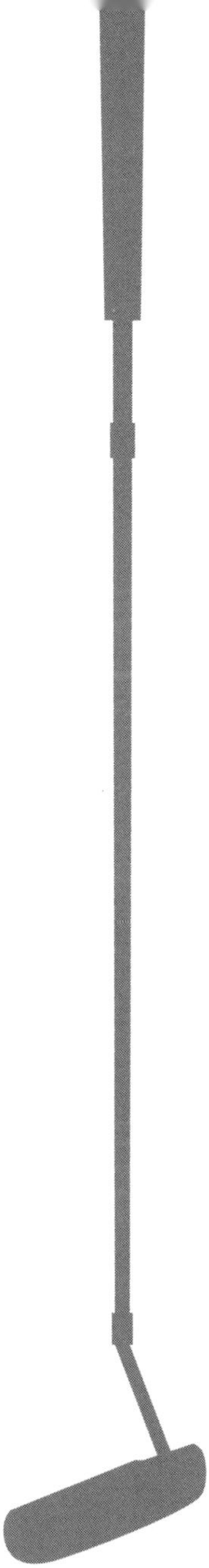

プロローグ

ゴルフクラブには、腕自慢が多く集い、研修会を組織している。

研修とは、スキルを身につけるために講師の指導を受けたり、勉強会に参加したりすることを意味しているが、ゴルフクラブの研修会は、それらと少し違う。腕自慢がライバルとして競い合う場である。

研修会に属するプレーヤーたちが目指すのはクラブ代表の座である。クラブを代表し、ジャケットを着用し、胸にはエンブレムを燦然と輝かせ、他のクラブ代表と競い合うクラブ選手権に参戦するのである。

代表としてクラブ選手権に参戦し、勝ち残り、全国大会にまで進もうものなら、それは孫の代まで語り継がれるほどの名誉なのだ。

クラブ代表になるためには月例というクラブ内での競技会で好成績を上げねばならない。代表枠は4人。たったの4人である。10数人、あるいはもっと大人数かもしれないが、その中で競い合い選ばれる4人に入るのは至難の業である。かくして研修会のメンバーたちは一見するところ、和気あいあいのようだが、その内実は激しい怒りや嫉妬などの負の感情が渦巻いているのだ。

これは単なる健康維持、楽しみのためにプレーをする人にとってはまったく知る必要がない世界であるが、ある意味では会社での出世競争と同様人間社会の縮図とも言えなくもない。

流星市の名門ゴルフクラブ「彩の国カントリークラブ」の女子研修会には１０数人のメンバーが在籍している。

彩の国カントリークラブは、皇室関係者が理事長を代々務めており、会員はエリート意識が強い。当然のことだが研修会メンバーは、中でもその意識が強い。

女子研修会のリーダーは山口佐代子である。彼女は６０歳。夫は、都内で有力な弁護士事務所を経営している。そのため佐代子は非常にプライドが高い。高慢と言ってもいい。聖母女子大という皇室にも縁が深い女子大のゴルフ部出身である。ゴルフの腕前は、なかなかのものであるが、寄る年波には勝てず、スコアの悪化に苛つく日々を過ごしているのだが……。

佐代子は研修会のリーダーとして４人の代表と補欠１人を選ぶ権限を持っている。

選び方はシンプルなはずである。月例競技の成績の良い順に選べばいいだけのことだ。

今では、オリンピック選手を選ぶのさえ、一発勝負のレースだ。情実が入らないようにするためだが、佐代子の選び方は違う。自分の気に入らないメンバーは代表に選ばないのだ。そして自分は必ず代表になる。

これでは実力のない者が選ばれる可能性があり、メンバーから不満が出そうなものだが、佐代子の選び方に表立って文句を言うメンバーはいない。逆らうと研修会を退会せざるをえなくなるからだ。

それは佐代子の権力が強いからだけではない。陰険さが原因である。

佐代子は、一見、上品で優しい印象である。話しぶりも穏やかで、陰険さは微塵も感じられない。

以前、佐代子の研修会の運営があまりに恣意的であると異論を唱えたメンバーがいた。すると、彼女の悪い噂がクラブ内に流れるようになった。真偽は不明である。不倫している、夫の会社が破綻寸前等々。その噂のためなのか、研修会メンバーが徐々に彼女を避け始めたのだ。いわゆるシカトである。結局、彼女はいづらくなり、研修会を退会してしまった。挙句、彩の国カントリークラブを辞めてしまったのである。

微笑みながら、彼女をねちねちと苛める様子を見ていたメンバーは、悪い噂を流したのは佐代子に違いないと確信した。

佐代子に逆らうと面倒だ……。それがやがて怯えに変化し、メンバーたちは佐代子の言いなりになるようになった。かくして佐代子の研修会での権力が確定したのだが……。

@彩の国カントリークラブ　07.06.08:00

佐代子は、クラブの食堂で研修会メンバーの名前と実績を記録した表を見つめていた。埼玉県内のゴルフ場のクラブ選手権に出場する代表選手を選ぼうとしていた。

自分は当然、代表である。残り枠は3つだ。北沢朋恵、野際洋子はいいだろう。月例競技での成績も上位だ。

あと1つ。栗原幸代か、金沢瞳か。

迷いながらも佐代子の考えは決まっていた。金沢瞳だけは代表にしたくない。

月例競技では最も良い成績を上げているのだが、どうも気に食わない。

まず若い。まだ50歳に届いていない。若いからドライバーの飛距離は佐代子より20ヤードもオーバーする。それは仕方がない。そんなことではない。

彩の国カントリークラブの代表として品位の点で問題があるのではないかと思っているのだ。朋恵は、元経済産業省局長の妻、洋子は財閥系上場企業社長の妻、幸代は日本橋の老舗食品会社経営者の妻である。3人とも、氏素性が正しく、品位がある。

しかし、瞳は流星市のスナック「瞳」のママである。いったい誰が入会させたのだ。おおかた鼻の下を伸ばした古手のメンバーが酔った勢いで「おお、入れてやる」と安請け合いしたに違いない。

水商売を軽蔑するわけではないが、やはりゴルフウエアは派手であり、言葉使いなども時折、ため口になる。他のメンバーに比べて、明らかに品が無い。

それだけではない。他のメンバーは佐代子に逆らうなどということは絶対にない。ところが瞳は違う。

3か月前の月例競技の際のことだ。佐代子のドライバーショットが、カート道路のほぼ真ん中に止まってしまった。ニアレストポイントを決めて打ち直すことができるのだが、グリーンに向かって左側は急斜面、右側は平らなフェアウエイである。

「ボールをピックアップします」

佐代子はボールをつまみ上げようとした。

「ちょっと待ってください」

瞳の金属的な声が佐代子の耳を突き刺した。はっとして声の方向を見ると、瞳が険しい表情でこちらに歩いて来る。瞳は、同伴プレーである。

「ちゃんとニヤレストポイントを決めてから打ち直してください」

瞳が言った。

「あら、そうだったわね」

佐代子は指摘を受けた恥ずかしさと腹立たしさに顔が真っ赤に火照るのがわかった。

ニヤレストポイントのルールを知らないわけではない。

しかし、ボールはほぼカート道路の真ん中だ。どっちだっていいだろうと、ふと思い、打ちやすい平坦なフェアウエイを選択しようとしたのだ。

「真ん中だからいいでしょう。どっちだって」

佐代子は怒りを込めて言った。手にはボールを握っている。

「でも、真ん中だから左右どっちでもいいってことにはなりません。リーダーでしょう。きちんとやってください」瞳は生意気にも佐代子を注意した。そして「ははん」と何かを納得したように薄笑いを浮かべて「真ん中の場合のニヤレストポイントの決め方をご存じないのですか」と言った。

「知っているわよ。真ん中だろうとみんな一緒よ」

佐代子は怒って答えた。

「じゃあ、やってみてください。ルール通りに」

瞳は、小馬鹿にしたような顔で佐代子を見つめた。

佐代子は、まず右側でカート道路に足がかからないところに立った。その位置でクラブを振る。そこにティを刺した。これが右側のニヤレストポイントになる。

同じように左側の斜面に立ち、クラブを振る。そこにティを刺す。それが左側のニヤレストポイントになる。

「どうですか？　左側の方が、ボールの止まった位置からするとニヤレストポイントになりますね。そこからワンクラブの長さの範囲にドロップしてください」

瞳が得意げに言った。

「わかってるわよ。うるさいわね」

佐代子は急斜面で打たざるをえなくなった。ニヤレストポイントからドライバーを使って、ワンクラブの長さの範囲内にボールをドロップした。どこにボールが止まろうが、急斜面で打ちにくい事極まりない。それに加えて若い瞳から注意を受けたことで強い屈辱感と怒りで冷静さを欠いていた。

斜面から打った佐代子のボールは無残にも大きく左に曲がり、林の中に入り、ＯＢとなってしまったのだ。

「あら、残念でしたね」

瞳は口角を引き上げ、笑いを浮かべた。

そしてフェアウェイにある自分のボールを打った。それは見事に放物線を描いて、グリーンに乗ったのである。

佐代子は、クラブで瞳の頭が砕けるほど殴りたいと本気で思った。

「あいつだけは許さない。どんなことがあっても代表にはしない。せいぜい補欠よ。いい気味だわ。私に逆らう者を代表にするものですか」

佐代子は、大きく頷き、呟いた。

代表は、山口佐代子、北沢朋恵、野際洋子、栗原幸代。補欠は金沢瞳である。これで決まりだ。

代表メンバー表を握りしめ、皆が待つ会議室へと向かった。

@男子トイレ　07.06.11:00

加藤清子は70歳になる。清掃専門会社から彩の国カントリークラブに派遣されて、もう30年ほどになる。その間、メンバーたちが気持ちよくプレーできるようにクラブ内のあらゆる場所を清掃してきた。

特にトイレは念入りにきれいにした。白い便器の汚れを手で拭い、顔が映るほど磨いた。メンバーたちは、朝、必ずトイレを利用するからである。

男子トイレの小便用便器は特に丁寧に洗った。プレーに気持ちが流行るのか、便器の外に小便をこぼしてしまうプレーヤーが多いからである。

どんな家でも会社でも、トイレがきれいなところには幸せの神様が微笑むのである。トイレの神様という歌があったが、トイレには女神様が住んでいるらしい。

時間は、午前11時を過ぎた。この時間だと全てのメンバーがプレーを開始している。ハーフラウンドが終わった彼らが戻ってくるまでにトイレの清掃を終えねばならない。

清子は、女子トイレの清掃にかかるべく、中に入った。

「ん？」

なんとなく違和感を覚えた。臭い？　違う。誰もいないはずなのに誰かがいる気配というのだろうか。

いずれにしてもいつもと違う。清子は、少し警戒しながらトイレの個室を点検し始めた。

「おや？」

1つの個室のドアが閉まっている。違和感の証拠はこれだったのだ。誰もいないと思っていたのに、誰かがまだ利用しているのだ。

それにしては静かである。利用している際のガサガサとした感じが無い。

「誰かいますか？」

清子は、個室に向かって声をかけた。

気分が悪くて、個室の中で倒れていたら大変である。

清子は、その個室の前に立った。わずかに隙間が開いている。ドアに鍵がかかっているわけではないようだ。中にいる人が前のめりに倒れてドアを塞いでいる状況のようだ。

「大変だわ」

清子は異常を察して、ドアを押した。

「ギャア！」

清子の喉を搾り上げるような悲鳴がトイレにとどろいた。

清子は、その場に尻をつき、瞬きもせずに個室を見つめ、再び「ギャア！」と叫んだ。

@女子トイレ　07.06.12:00

場波と譲二は、彩の国カントリークラブからの急報を受けて、現場に向かった。

規制線が張られたトイレには、検視を担う北本雄介医師がすでに到着していた。

「北本先生、お疲れ様です」

「おお、冨田さん。ご苦労様」

北本は暗い表情で場波を見た。

場波は、トイレの個室に近づき、両手を合わせた。亡くなった人に対して礼を尽くすためだ。

「間違いなくコロシですね」

場波は言った。

「ああ、鋭利な刃物で心臓を一突きだ。亡くなったのは数時間前だ。今、12時過ぎだから
……」

「9時から11時の発見前までってことになりますかね」

個室のドアが開け放たれている。ガイシャは便器に腰を落とし、前かがみになっている。着衣を下ろしてはいない。トイレの個室に座った瞬間に殺害されたのだろう。

ガイシャは中高年の女性だ。紺のポロシャツに白のパンツという地味なウエアである。無残なのは、白のパンツの太ももあたりが胸からしたたり落ちた血で赤く染まっていることだ。

「あれは」

場波は、ガイシャの首に巻かれたロープのような紐を指さした。

「うーん」北本は首を傾げた。「死因は刃物によるものだ。絞殺ではない。しかし首を絞められた跡がある」

北本はガイシャの首に索状物が擦れてできた表皮の剥がれを指さした。

「殺した後に締めたのですか」

場波は首を傾げた。

「そうだろうと思う」

北本は困惑した表情になった。

「なぜこんなことをしたのだろうか……」

場波は、ガイシャに近づき、首に巻かれた紐を掴んだ。そして譲二を見た。「どう思う？　譲二？」

譲二は首を傾げて「さあ、どうでしょうね」と言った。

「少しは想像力を働かせろよ。死後にこれを首に巻いたってことは何か意味があるんだろう？」

「まあ、そうでしょうね」

譲二は、再び首を傾げた。

譲二は、場波が期待する部下だ。貧しい育ちが影響しているのか、金持ちに対して僻みっぽいところがあるのが、難点と言えば難点である。

しかし若い頃は、場波だっていろいろなことに反発していた。捜査能力のないにもかかわらず、尊大に振舞う上司に食って掛かったこともある。

若い頃は多少とも歪みがある方が面白い人間に育つ可能性がある。

「殺し足りない……ってことですかね」

譲二が言った。

「そうかもしれないな。心臓を一突きで殺したんじゃ恨みを晴らせないということか……」

「どうしてこんなことに……」

苦悶に満ちた声が場波の背後で聞こえた。

場波が振り向くと、男が立っていた。

「あなたは？」

男は、場波に近づき、「この彩の国カントリークラブの支配人、杉原幸雄でございます。所用で都内に出かけておりまして遅れまして申し訳ありません」と険しい表情で謝罪の言葉を並べた。

紺のジャケットと紺のスラックスという姿の、がっしりとした男だ。年齢は５０歳くらいだろうか。髪の毛の耳の辺りに白毛が見える。

「殺された方は、クラブの会員の方ですか」

場波が聞いた。

杉原は、両手で口を押さえながら、トイレの個室に近づいた。そしてガイシャを覗き込んだ。

「山口さんです。間違いありません」

杉原は言った。

「山口佐代子、このゴルフクラブの会員です」

譲二が答えた。

「どうして……こんなことに」

杉原の目が潤んでいる。

「では少しお話を伺いましょうか?」

場波は杉原に言った。

「はい、承知しました」

杉原は、肩を落とし、歩き出した。場波は、その背中を見つめていた。杉原の背中は、戸惑い、不安など負の感情に圧し潰されそうになっているように見えた。

人生の最悪の時を迎えてしまった己の不幸を恨んでいることだろう。しかし、支配人として、クラブで起きた殺人事件の風評被害などのマイナスをなんとか最小限に食い止めなければいけないと焦っているに違いない。

「どうぞ」

杉原は、これ以上ないほどの暗い表情で支配人室のドアを開けた。

杉原は力なく支配人席に腰を落とした。しばらくうつむき、両手で顔を覆い、言葉を発しない。よほどショックだったのだろう。

場波は、杉原が落ち着くのを待った。

「杉原さん……」

譲二が声をかけた。

「しっ」

場波は、譲二を制した。

相手が落ち着いていないのに話しかけるのはよくないからである。

譲二は、表情をしかめた。

しばらくして杉原が顔を上げた。

「まさか……山口さんが……」

杉原は場波を見つめた。

「落ち着きましたか」

場波は聞いた。

「はい」

「では、少しお聞きします。殺されたのは山口佐代子さんに間違いないですね」

「はい」

「彼女はどんな方ですか？」

「有力な会員です。ご主人は山口高雄さんで、弁護士事務所を経営されておられます。ご主人も当クラブの会員です」

「恨まれているようなことは？」

場波の問いに、杉原は首を傾げ、「ないと思います」と答えた。

「山口さんは今日、プレーされる予定だったのですか？」

「そのはずですが……ちょっと」

杉原の表情が曇った。

「ちょっと、なんでしょうか」

「聞くところによると、揉めたようなのです」

「何を揉めたのですが」

場波の問いに杉原は眉根を寄せ、言い淀んでいる。

「女子研修会のことですね」

譲二が言った。

杉原が、はっとした顔になった。

「ご存じなのですか？」

杉原が聞いた。

「少し耳に挟みました」

譲二が答えた。

場波は、驚いた。いつ譲二が聞き込みをしていたのだろうかと思ったのだ。なかなかたいしたものじゃないか。少し見直したのである。

「先ほど、事件現場に駆け付けていた2人の女性が、こちらの会員の方でしょうが、『女子研修会でかなり揉めたそうね。山口さんと金沢さんねって』と小声で話されていたのが聞こえたのです」

譲二が言った。

場波は、譲二に振り向いた。何気ない会話に気を留めているとは、刑事として成長した証のように思えたのだ。

「説明してくださいますか？　今、山口さんを恨んでいる人はいないとおっしゃいましたが……」

場波が鋭い視線を杉原に向けた。

杉原はうつむき、押し黙り、迷っているのか、それとも何か言い訳を考えているのかわからないが、唇を固く閉じていた。

場波は待った。こんな時に答えを急いでも良い結果を生まない。

「実は、近々、埼玉県のクラブ選手権があります」

杉原がようやく口を開いた。

「重要なのですね？」

「ええ、県内のゴルフクラブの代表選手たちがしのぎを削る大会です。彩の国カントリークラブも毎年、クラブから代表選手を送っていますが、その選考は山口さんに任されているんです」

「任されているとは、どういう意味ですか？」

「山口さんが誰を代表にするか選考権を持っているのです」

「ほほう」場波は大きく頷いた。山口佐代子はなかなかの実力者のようだ。

「選手を選ぶのは難しいでしょうな」

「はい、そのようです。私はできるだけタッチしたくはないので詳しく存じ上げているわけではありませんが……」

杉原が困惑を表情に出した。

いわゆる女の戦いというのがあるのだろうと場波は推測した。

「それで揉めたというのは？」

「選考で揉めたのです」

杉原は表情を歪めた。

「選考のルールはどの様なものですか？　揉める要素があるのですか？」

場波は聞いた。

「月例競技の成績上位者を選べば問題はないと思うのですが……」

杉原は眉をひそめた。

「そうではないのですね」

場波は確認した。

「ええ、まあ……」

杉原は再び押し黙った。

場波は待った。時間が長く感じられる。

「実は、金沢瞳さんという研修会メンバーがおられるのです。非常に実力があり、月例競技での実績もあるのですが、代表に選ばれなかったのです」

「なぜ?」

場波の問いに杉原は助けを求めるかのような顔をして「山口さんは自分にさからう者を許さないと聞いています」

杉原は、はぁと大きく息を吐き、肩を落とした。表情はいかにもくたびれたという感じだ。

「実力、実績共にあるのに選ばれなかった……。それが揉めた原因ですか?」

「はい、そのように聞いています」

杉原は目を伏せた。

「金沢さんは山口さんを恨んでいるというわけですね」

譲二が言った。

「さあ、なんとも……」

杉原が眉根を寄せた。杉原が直面している事態は深刻である。有力会員の山口佐代子の悪口は言いたくないだろうが、それにしても供述の歯切れが悪い。杉原も佐代子に好印象を抱いてはいないようだ。所用で都内にいたと言ったが、杉原のアリバイも検証する必要がある。

「警部、研修会のメンバーから話を聞く必要がありますね」

「そうだな」場波は言い、杉原を見つめて「代表に選ばれた人と金沢さんを集めてくれますか」と言った。

「わかりました」

杉原はこの上なく渋い表情で場波を見つめた。

「ロープ……」

場波は、殺された佐代子の首に巻かれていた白いロープのことが気になっていた。あれには何か意味があるのだろうか？

@会議室　07.06.13:30

場波と譲二は、クラブの会議室で金沢瞳から事情を聴いていた。

瞳は、47歳。派手な印象だ。眉や目がはっきりとしているからだろうか。顎が角張っており、唇も厚く、全体的に押しが強い印象だ。仕事は、流星市のスナック「瞳」のオーナー経営者だ。酔客を相手にしているために性格が強いかも知れない。

「金沢瞳さんですね」

譲二が聞いた。

「ええ、そうよ。警察の取り調べを受けることなんかしていないわよ」

瞳は、不貞腐れたように横を向いた。

「皆さんにお聞きにしているだけです。疑っているわけではありませんからね」譲二がなだめる。「ところで今日の9時から11時は何をされていましたか?」

「騒ぎになっているけど、山口さん、殺されたのね。だから私が、疑われているわけ」

瞳は苛立ち、譲二と場波を憎々しげに睨んだ。

場波たち捜査陣からは殺人事件であると情報を開示していないのだが、クラブ内には既に広く知れ渡っているようだ。

「先程も申し上げましたが、疑っているわけではありません。皆さんにお聞きしているだけです」

譲二の声が強くなった。

ようやく瞳は落ち着きを取り戻し「今日の9時から11時ね」と少し考えるような顔になった。「アプローチ練習場でアプローチをやっていたわ」

「何時から何時までですか?」

「今日は、プレーする予定だったけど、いろいろあってね。中止になっちゃったから……。ずっとやっていたわね」

「2時間もずっとですか？」

譲二が疑問を口にした。

瞳は怒ったような馬鹿にしたような顔になって「それくらい練習しないと競技では勝てないのよ」と不貞腐れた。

「よぉくわかりました」譲二は面倒な女性だなと不快感を表情に現わしてしまったが、質問を続けた。「誰かと一緒でしたか」

瞳は少し考えるように首を傾げて「誰もいなかったわ。みんなプレーしているから」と言った。

「すると、金沢さんがアプローチ練習場にいたということを証明する人はいないのですね」

譲二は口角を引き上げにんまりとした。

突然、瞳が立ち上がった。

「ずっと練習していたわよ。嘘じゃない。私は山口さんを殺してはいないわよ！」

瞳はヒステリックに叫んだ。

「まあ、まあ、落ち着いてください。あなたを疑っているわけではないですからね」

場波は両手を瞳に差しだして、座るように促した。

「私、本当にアプローチ練習場にいたんだから」

瞳は息を切らせている。

「今日、プレーできなかったのは揉め事があったからですか」

場波は聞いた。

「そうよ」

瞳は、ふんと鼻を鳴らし、横を向いた。

「揉め事の原因はなんでしょうか?」

「あの山口がさぁ」瞳は急にため口になり、佐代子を呼び捨てにした。「身勝手なのよ。許せないったらありゃしない」

「詳しく話してくださいますか」

場波の質問に、瞳は身を乗り出した。

「女子研修会では月例競技で成績の良かったメンバーをクラブ選手権の代表に選ぶことになっているのよ。ここまでわかる?」

瞳は顎を突き上げ、小馬鹿にしたように場波を見た。

「はい、わかります」

場波は微笑んだ。ここで怒った顔をしたら、話が途切れてしまう。事情聴取は、可能な限り穏やかに進めるものなのだ。相手を怒らせたり、不機嫌にさせてはいけない。場波は、譲二を見て、軽く頷いた。事情聴取のノウハウをよく見ておくようにとの心づもりだ。

「私はね、月例競技で毎回、トップの成績を収めたわけよ。だから当然、代表に選ばれると思っていた。ところが今朝の8時に代表発表の会議があったのね。そこでなんと私は補欠!」瞳は両手を天井に向けて、大きな声で「補欠よ!」と叫んだ。

「それは悔しいですね」

「悔しいなんてもんじゃないわよ。山口の胸倉を掴んで引きずりまわしたかった。なぜなの！　って山口に詰め寄った。そうしたらにやりと薄笑いを浮かべて、『決定です。従ってください』ってさ。私は納得がいかないから、こんな恣意的な決定をするなら研修会の代表を降りろって言ってやったの」

「山口さんはなんとおっしゃいましたか」

瞳は唇を歪めて、腹立たしそうに「『あえて理由を言うなら品位がないからです。金沢さんには』と言いやがった。『何を！』ってなもんよね。私が水商売だからって馬鹿にしているのよ。私は言ってやったわよ」

「なんて言ったのですか」

「品位が無いのはどっちだいってね。あんたの旦那は、うちの店の若い女の子を口説いてニャンニャンしているんだよ。知っているのかいって」

瞳は、「はっ」と大きく息を吐き、してやったりという顔をした。

「あんたの旦那」とは佐代子の夫である弁護士の山口高雄のことだろうか。

「今の話は事実ですか？」

場波は聞いた。

「事実も何も私がこのクラブに入会できたのは、山口高雄さんが裏で推薦してくれたからですよ。山口さんは、うちの店の古いお客でね。うちの若い子を紹介したら、気に入ってさ。入り浸りだよ」

「驚きましたね。山口さんは、その話を聞いてどうされましたか」

「ははは」瞳は大口を開けて笑った。「そりゃ泡食っていたわね。目を白黒させてね。有名な弁護士なんですよ。ご主人はね。それが品の無い私の店の女の子と乳繰り合っているんだから。山口さん、その場で卒倒しそうだったわ。その場にいた北沢さんや野際さん、栗原さんも唖然としていたわね。幸い他のメンバーはいなかったけどね。私のことを品が無いからって代表から外すなんて許されない。いい気味だったわ。すっきりしたわね」

　譲二は、場波を見て不愉快そうに眉をしかめた。場波も同じ思いだった。いくら自分が不当な扱いを受けたからと言って夫の不倫を他人の前で暴露することはないだろう。言いたければ、こっそりと言えばいい。これが「品の無さ」の由縁かもしれない。

「それで今日のプレーは中止になったのですか？」

　場波は聞いた。

「そうね。当然と言えば当然ね。みんなやる気をなくしたわ。山口さんが亡くなったし、女子研修会も終わりかも……」

「山口さんはあなたの衝撃の発言を聞き、その後はどうされたのですか？」

「ロッカールームに行ったんじゃないの。私はアプローチの練習に行ったから。その後は会っていないわね」

「山口さんを憎んでいる人はいますか」

「私以外に？」瞳は余裕を見せた。「そうねぇ。みんな憎んでいるんじゃないかしら。研修会ってライバル同士なのよ。一言で言えば足の引っ張り合い。みんな代表になりたいからね。他の人は、品のいい人ばかりかも知れないけど山口に翻弄されているから恨んでいると思うけど……」

「わかりました。お疲れ様です」

場波はお引き取りくださいと手で会議室の出口を指示した。

「早く犯人を見つけてね。私が山口を殺す動機はないってわかったでしょう。逆に山口が私を殺したっていいんだから。私は逆らってばかりだからね」

山口は、不敵な笑みを浮かべて会議室から出て行った。

会議室のドアが閉まった。

「動機も殺害の機会もありますね」

譲二が言った。

「そうだな」

場波は思案げな顔で答えた。

「しかし、山口のことを憎んではいますが、殺しますかね。わりと単純な女みたいですからね。それにしても山口は旦那の不倫を暴露されてびっくりしたでしょうね」

譲二の言葉に場波は無言で応えた。

「では次に北沢朋恵を呼びます」

譲二が無言の場波に不服そうな視線を向けた。

場波は相変わらず無言のままだった。

@回転寿司　07.15.20:00

「それで怪しい人はいたの？」

好美がレールで運ばれてきたマグロの寿司が載せられた皿を取った。

捜査は煮詰まっていた。気分転換のために家族と外出に出たのだ。

「金沢瞳が怪しいのだが、どうもしっくりこないんだ。他のメンバーも山口のことを決していいようには言わないんだ」

場波はジョッキの生ビールを傾けた。

近所に大手回転寿司の店がオープンしたのだ。それで好美と2人で行こうということになった。もうすぐ娘の加奈が合流してくることになっている。

この回転寿司は基本的に1皿100円という安さだ。警察官の安月給では銀座などの高級寿司店には行くことができない。寿司と言えば、回転寿司になってしまう。

「このマグロ、美味しいわよ。回転寿司も馬鹿にできないわね」

「それは1皿390円の本マグロだぞ」

「いいじゃないの。ケチケチしないの！」

好美はタブレットを操作して、再びマグロを頼んだ。場波は、烏賊を頼んだ。烏賊は100

円である。

「それでどんな悪口を言ったの」

好美はマグロの寿司を口に含んだままだ。

「北沢朋恵は元経産省局長の妻なんだが……」

「セレブね」

「ああ、セレブばかりだよ。野際洋子は財閥系上場企業の社長の妻、栗原幸代は日本橋の老舗食品会社の経営者の妻だ」

「すごいわね」

好美はタブレットを見たまま言った。ウニの寿司を注文している。本当にすごいと思っているのだろうか。

「でもな、それぞれ不幸を抱えているってこともある」

「どういうこと？」

好美は、今度はブリの寿司を頼んだ。

「おいおい、頼みすぎだぞ。加奈を待ってやれよ」

「いいわよ。お腹空いてんだから。あなたも頼んだら」

「ああ、もう1杯ビールを頼むかな」

「それで不幸ってなによ」

「山口はとにかく自慢ばかりするらしい。それを聞かされるのがうんざりするんだそうだ。北沢さんのご主人は元エリート官僚だが、家庭内では極めて横暴らしい。時には暴力を振るうようだ。官僚を退職して石油会社の副社長に天下ったのだが、会社が馴染めず、上手く行かないのでイライラが募っているようだ」

「ＤＶなんて最低ね。警察でなんとかならないの？」

「私の方で対処しましょうかって言ったのだが、大丈夫とおっしゃった。ＤＶ夫に従う妻は、自分が悪いと責めるところがあるからね。所轄署に注意するように言っておくことにするよ。そういう事情があるのに山口は夫が如何に有能な弁護士であるかと諄諄と自慢するんだ。聞くに堪えないらしい」

「でもその夫が浮気しているんでしょう？　スナックの女性と……。山口さんのショックは計り知れないわね。自慢の夫の不貞が明らかになったわけだから」

好美が場波を睨んだ。

「おいおい、その目つきはなんだよ。俺は不貞を働いてなんかいないぞ」

「うふふ、わかっているわよ。ダーリン」

好美はにっこりと笑みを浮かべた。

「それ以上に最悪なのは野際さんだろうね。子供のことだから」

「子供のことって？」

「野際さんの息子は脳性まひでずっと寝たきりらしい。夫は、息子の世話より会社大事と家庭を振り返らない。そんな状況なのに山口は息子が弁護士で活躍してると、自慢たらたら。あなたのところは大変ねと露骨に同情ではなく皮肉を言うらしい。その時、思わず殺してやろうかと思ったこともあるようだ」

「子供のことは口にしちゃだめよ。子供ができない夫婦もいるんだから。野際さんの気持ちはわかるわ。本当に子供自慢を聞かされるのはうんざりするものよ。栗原さんも？」

「彼女は自分の父親が認知症になって、母親が介護していたのだが、この間、家の中で転倒して大腿骨骨折をしたらしい。介護をできる状態ではないので、今度は栗原さんが両親の介護をしないといけないようだ」

「その人たち、そんな家庭の状況を、あなたによく話したわね」

好美の疑問に場波は口角を引き上げ、にやりとすると、「俺はおばさんの話を聞く訓練を毎日しているからな」と言った。

「あら、いやだぁ。皮肉がひどくない？」

好美は、場波の言う意味を理解して鼻白ませた。

「家庭内の問題を抱えてはいるが、彼らには財産があるからね。いろいろな援助を受ける費用には困らない。しかし自分のストレスだけはどうしようもないからゴルフに打ち込んでいるんだそうだ。ゴルフをしている時だけは、全てを忘れられるってさ」

「まあ、お金がない人は不幸を抱え込むしかないけど、その人たちはゴルフという遊びがあっていいわね」

「遊びよりはもっと真剣かもな」

場波は、ようやく頼んだ烏賊の寿司を口にした。

「お待たせ」

加奈が店に入って来た。

「おお、遅かったな」

場波は相好を崩した。はつらつとした笑顔の加奈を見ると体の中からエネルギーが沸いて来るのだ。

「ちょっとトラブルでね」加奈は軽く眉根を寄せると、好美の皿を見て「ママ、もうそんなに食べたの?」と目を瞠った。

「大丈夫よ。今日はパパの奢りだからいっぱい食べてね」

「よぉし、食うぞ」

加奈は腕まくりして、座るとすぐにタブレットに向かい、マグロ、鰻、いくら、烏賊と立て続けに注文した。

「ストレス発散には、お腹いっぱい食べるのがいいね」

加奈は、生ビールも注文した。

「トラブルってなにがあったんだ」

場波が聞いた。

加奈はすぐに運ばれてきた生ビールを一気に煽ると「お母さん同士が本気で喧嘩したのよ」と言った。加奈は保育園の保育士なのだ。

「喧嘩の原因は？」

「苛めよ」

「苛め？　保育園って小さい子ばかりじゃないのか」

「でも苛めはあるのよ。4歳の男の子なんだけど、苛められてね。保育園に行きたくないって言ったらしいの。それでお母さんが苛めている子のお母さんに抗議したわけ。それで苛めている、苛めていないって大喧嘩になってね」

「どうした？」

「2人をなだめるのに必死よ」

加奈は、マグロの寿司を食べた。

「苛めは、苛めている方はあまり自覚はないのに、苛められている方は想像以上に傷ついているからね」

好美が言った。

「私たち保育士も苛めが無いか気をつけていたんだけどね。結構、苛めている子がずる賢くてね。私たちが見ていないところでやっていたらしいの。なんとかお母さんたちをなだめて、子供たち2人にも仲良くするようにって言ったのだけどね……」

加奈は憂鬱そうに表情を暗くした。まだ問題がすっきりと解決したわけではないようだ。

「ねえ、あなたは山口さんの遺体に巻かれていたロープが気になるんでしょう？」

好美の言葉に、場波は「そうなんだ」と言い、大きく頷いた。

「なぜ、亡くなった人の首をロープで絞めたか？　恨みがあったのね。ナイフで一突きで殺したんじゃ殺したりないってことよね」

「そうかも知れない。考えを聞かせてくれ」

「今、加奈の話を聞いて、ピンと来たんだけどね。犯人は山口さんに苛められていたんじゃないかしらね。どこの世界にも苛めはあるから」

好美は、再び、マグロの寿司を口に運びながら、ドヤ顔をした。自分の推理が正しいと思っているのだろう。

「うーん」場波は唸った。そして大きく頷いた。なるほどと思ったのだ。山口はゴルフ場で誰かを苛めていたのかもしれない。女子研修会のメンバーの話では、山口の評判は決して良くない。誰もが嫌だと思っていたが、山口のクラブ内での権力や、後からの仕返しなどを嫌って黙って耐えていただけだ。中には、耐えられず爆発した者もいるかもしれない。それが殺人に直結した……。人は、思いがけないきっかけで殺人という悪魔に魅入られてしまうものなのだ。

場波は、譲二に山口のゴルフ場での振舞いを調べさせようと思った。そして場波は、山口の家庭事情を深堀りすることにした。

@高級住宅地　07.8.18:00

場波は、山口の家庭周辺を調べていた。

山口の夫は弁護士。息子の孝太郎も弁護士である。どこにも非の打ちどころのない家庭だ。

場波は、周辺の聞き込みを行った。住んでいるのは、流星市郊外の高級住宅地である。なかなか聞き込みに応じてくれる人はいない。

しかし、１軒の古い商店があった。コンビニと同じように食品から雑貨まで何でも扱っている店だ。そこの店主である女性が「山口さんねぇ」と遠くを見つめた。女性は、７０歳。なかなかの街の情報通のようだ。

「あまり評判はよくないわね。特に奥さんはね。ご主人はあまり家に帰ってこないみたい。浮気でもしてるんじゃないの。ありゃ奥さん、ストレスだろうね」

女性は、かっかっかっと笑った。警察から情報を求められることが自尊心をくすぐっているのか、満足そうな顔をしている。

「今まで大きな問題はなかったんでしょうか？」

場波の質問に、女性は急に声を潜めて場波を見つめた。

「これは私が言ったって言わないでね」

「大丈夫です。警察を信頼してください」

「あのね、息子さんは今では弁護士をしているけどね。中学生の時は、ワルだったんだよ」

「ワル？」

「なんて言うのかな、表向きはいい子なんだけど、裏では悪いことをする子がいるでしょう？」

「ええ、まあ」

「そんな感じよ。それでね流星市立第一中学校に通っていたんだけど、同級生の男の子を苛めたのよね」

「ほう、そうですか？　それで？」

「その子は自殺してしまったのよ。可哀そうに。いい子だったのにね。でも山口さんのご主人が弁護士でしょ。力があったんじゃないの。事件にも何にもならなかったみたいね」

場波は、好美の推理を思い出していた。やはり苛めがあったのだ。しかし、調べでは孝太郎は33歳であり、中学生の時となれば十数年も前のことである。それが今回の事件につながるのだろうか。

「その自殺した少年の名前は憶えておられますか？」

@流星市警察　07/18.22:30

「山口の評判は最悪ですね」

譲二が顔をしかめた。

「やはりな」

場波は言った。

「スタッフ、キャディの皆さんに聞いたのですが、とにかく苛め、自慢、パワハラ何でも来いって感じで。殺されたのはショックだけど、さもありなんって感じですよ。人間は亡くなってから評価が決まるっていいますけど、評価は最悪ですね。夫がクラブの有力者なので横柄になっていたようです。多くの人が杉原支配人に山口さんを注意するように進言したのですが、山口の態度の悪さを見て見ない振りをしてしまった。そのことを今になって非常に後悔していました。それで事情聴取で歯切れが悪かったのでしょう。夫の山口高雄の評判は悪くありませんん」

　譲二はメモを見ながら言った。

「そうだろうな。スナック『瞳』の女性と仲良くなるくらいだからな」

　場波は軽く頷いた。

「特にキャディさんが被害を受けているようですが、ある時、山口が息子の孝太郎と一緒にプレーしていた際、キャディさんが卒倒してしまったことがあったそうです。そのキャディさんは新しく入社した人だったのですが、退職してしまいました。山口に苛められたに違いないって噂です」

「そのキャディさんの名前は？」

「木下弥生です。今は、所沢市に住んでいます」

「そうか……」

　場波は考え込んだ。

「何か気になりますか？」

「ああ、木下弥生を呼んでくれないか。聞きたいことがあるんだ」

　場波は譲二に強い視線を向けた。

「わかりました。警部、事件の答えが見えましたか？」

「ああ、少しな。間違っているかもしれないがね」

場波は、自分の勘が外れることをどこかで願っているような気になっていた。

@取調室　07.19.20:20

木下弥生は取調室の中で神妙な顔で場波と譲二の前に座っていた。

ここに呼び出してから、すでに30分以上は経過している。

しかし、弥生は一言も発しない。黙って場波を見つめていた。

「息子さんは生きておられたら30歳を過ぎて、今ごろ、お孫さんもおられたかもしれませんね。私、古い事件の記録を調べてみました。木下英一君、14歳、学校のトイレで自殺されていますね。服をかけるフックにロープの結び目を挟んで輪を作り、首を吊った……足が床についたかも知れませんから無理矢理首を絞めた形になった。強い意志がなければできません。苦しかったでしょうね」

譲二は、驚いて場波を見た。木下弥生の過去にそんなことがあったことを聞かされていなかったからだ。おそらく場波は確証がなかったため譲二に話さなかったのだろうが、水臭いではないかと不満を持った。

弥生は黙って聞いている。

「苛めが原因の自殺だったのでしょうね。遺書があったとの記録は残っていませんでしたが、おそらくあなたには山口佐代子の息子である孝太郎に苛められているという話をしていたのでしょうね」

弥生が険しい目つきになった。

「あなたは必死で学校に苛めの調査を依頼した。しかし、無視されてしまった。孝太郎の父親が有力な弁護士だったからでしょう。あなたは諦めることができず、何度も学校や教育委員会に調査依頼を繰り返した。しかし、学校側も教育委員会もあなたの依頼を取り合わなかった。あなたは離婚して、英一君だけを生きがいに生きてこられたんですから、無念だったでしょう」

弥生の目が潤んだ。

「それは本当ですか。警部。許せませんね」

譲二が口をはさんだ。

「ああ、本当だ。力のある者はいつも弱い者を虐げる。許せないことだ。お前の境遇のことを思ったら、弥生さんに我がことのように同情してしまうだろう。過剰な同情は捜査を間違った方向に導くかもしれないからな」

場波は言った。

「それで弥生さんのことを何も言わなかったのですね」

譲二は、両親を早く亡くし、児童養護施設で育った。きっと苛められ、辛い事もあっただろうと場波は推測したのだ。

弥生が譲二を見つめている。涙で目が潤んでいる。

「もしかしたら、あなたは、お若いのに苦労されたのですか」

弥生が譲二に聞いた。

譲二はやや照れたような複雑な笑いを浮かべ「苦労なんて……」と言った。

「苛められたことはありますか？」

「ええ、両親が早く亡くなりまして、施設で育ったものですから、幼い頃、親なしっ子などと言われました。学校でお金が無くなったことがあったのですが、私が盗ったことにされたり、机を空けたら貧乏人は死ねというメモが入っていたり、思い出したくないですね」

「どうやって苛めを乗り切ったのですか」

弥生は真剣な表情だ。

「乗り切ったなんてことはありません。死のうと思ったこともあります。死ぬと楽ですからね。しかし、両親に申し訳ないと思いましてね。両親は私を残して死にたくはなかったと思うんです。でも病気には勝てません。私は、どんなことをしても両親より長く生きようと考えました」

「そうですか……」

弥生は大粒の涙をこぼしている。

「苛めたい奴は勝手に苛めればいいと無視をしました。しかし将来、必ず警察官になって苛める奴を逮捕してやると心に誓ったら、なんだか強くなりましてね」

譲二は言った。

今、譲二は自分の役割を自覚していた。場波が、なぜ弥生を連行したのかは、まだ明確にはわからない。しかし、今回の事件が苛めを原因としているのではないかと場波は考えたのだろう。

それで譲二に苛められた過去を語らせているのだ。その結果、弥生の頑なな心を解きほぐそうとしているに違いない。

「わっ」と弥生が泣き伏した。肩を揺らし、「うっうっうっ」と呻いている。

譲二が慌てた様子で場波を見た。場波は、小さく頷いた。

「許せなかったのです……」

弥生が呻きながら言った。

「わかっています。全て話してください」

場波は優しく言った。

弥生は姿勢を正すと、涙を拭い、しっかりとした視線を場波に向けた。

「私には英一という息子がいました」弥生が話し始めた。「離婚して女手一つで育てていました。優しくて、賢くて、いい子でした」弥生の目からは涙が溢れている。声はかすれ気味だ。

場波と譲二は、黙って聞いていた。

「ところが中学2年生、１４歳の時、自殺してしまいました。学校のトイレのフックにロープをかけて、それで首を吊ったのです。英一は、私に苛めを訴えていました。同級生の山口孝太郎に苛められていたのです。私は、学校や、教育委員会に訴えました。しかし、誰も取り合っったのだろうなどと言われる始末でした。苛めた孝太郎の両親にも謝罪を求めました。自宅にも行きました。すると、警察が、私をまるでストーカーかなにかのように制止するのです。私は、お金が欲しかったわけではありません。苛めて悪かったと英一の霊前で頭を下げて欲しかっただけなのです。それが悪いですか？　ねえ、刑事さん」

弥生は、場波に迫った。

場波は静かに首を振った。

「彩の国カントリークラブのキャディになりました。今、キャディ不足で私のような未経験者でも採用してくれるのです。研修を受け、正式採用になりました。ある日、お客様につきました。驚きました。それがなんと英一を殺した山口孝太郎と父親の高雄、佐代子だったのです。心臓が止まるかと思いました。ところが誰も私が英一の母親であることに気づきませんでした。そしてあろうことか、佐代子は孝太郎の自慢を私に延々とするのです。幼い頃から優しくて、賢くて、今では如何に優秀な弁護士になったか、父親の後を継いで事務所の後継者にするんだなどと。私は引きつるような笑みを浮かべて黙って聞いていました。徐々に憎しみが湧き上がってきたのです。激しい怒りで息が止まりそうでした。ゴルフクラブで3人の頭を潰してやろうかとさえ思ったのです。もし、英一が生きていれば、目の前にいる孝太郎と入れ違っていたかもしれないと思うと、悔しくて、悔しくて、憎くて、憎くて……。私はその場で倒れてしまいました。倒れなかったら本当にゴルフクラブを振りまわして彼らを殺したかもしれません。

それでキャディは辞めました」

「では、どうしてあの日だったのですか？　山口さんを殺したのは」

場波の質問に弥生は俯いた。しばらくして顔を上げると「命日だったのです」と言った。

「命日ですか……」

場波は呟いた。

「キャディを辞めて、あの親子のことは忘れようと思っていました。しかし、命日が近づくにつれ、山口さんの、あの息子自慢が思い出され、どうしようもなく怒りが込み上げてきました。なぜ、私のことがわからないのか、英一を苛め殺したことなどすっかり忘れてしまったのか。もういてもたってもいられなくなって、佐代子に謝罪させようと思ったのです。それであの日、山口さんに会いに行きました。ナイフを持って行きましたが、殺すつもりはありませんでした。ただ謝罪を拒否されたら脅すつもりでした」

「会う約束をしたのですか」

「いいえ」弥生は首を振った。「連絡したって会ってくれるものですか。それでロッカールームで待っていたのです。小用を足そうとトイレに行くと、なんとそこに山口さんがいたのです」

場波は目を閉じた。黙って弥生の話に耳を傾けた。

＊

佐代子は、ぶつぶつと誰かの悪口を呟いていた。弥生は「山口さんですよね」と声をかけた。佐代子は驚き、「ええ、そうだけど、あなた、誰?」と聞いた。「お忘れですか」と弥生が言うと、佐代子は気味悪そうに表情を歪め、「失礼」と言ってトイレから出ようとした。弥生は、佐代子を引き止め、「流星市立第一中学校の木下英一を覚えておられますか」と聞いた。佐代子は「木下英一? 知らないわね」と答えた。忘れているはずはない。佐代子は、思い出したくもない名前が突然、聞かされたという不快感で表情を歪めた。

弥生は、「あなたの息子である孝太郎さんに苛め殺された英一の母です」と言った。

佐代子は、弥生をじっと見つめて「あなた、あの時のキャディね。キャディが何を言っているの? 苛め殺した? いい加減なことを言うと、訴えるわよ」と怒りを露わにした。

弥生は、かっとなり、佐代子を捕まえてドアの開いていたトイレに押し込めた。佐代子は、便器の蓋の上に腰を落とした。

「何をするのよ」

佐代子は怒った。

弥生は、ナイフを取り出し「黙りなさい。英一はトイレで首を吊って死んだのです」と涙声で言った。

弥生は、佐代子の前に立ち、入り口をふさいだ。

「どきなさい」

佐代子は声を荒げた。

「謝ってください」

弥生は言った。

「何を誤るのよ」

「あなたの息子に殺された英一の、今日は命日です。英一はこのロープで首を吊ったのです」

「ああ、思い出したわ。孝太郎の通っていた中学校で自殺した子がいたわね。所詮、弱虫だったのよ。弱いから死んだのよ」

「英一は弱虫ではありません。いい子でした」

「弱虫よ。それよりあなた、狂っているの、夫も息子も弁護士よ。訴えるわ」

佐代子は立ち上がろうとした。

「謝ってください」

弥生は強い口調で言い、持っていたナイフで佐代子の胸を刺した。

佐代子は、「うっ」と呻いて、再び便器の蓋の上に腰を落とした。

佐代子はうなだれたままで息をしていない。弥生は、大変なことをしてしまったと思ったが、それでも怒りが収まらず、英一が首を吊ったロープで首を絞めた……。

＊

弥生は、話し終えると、ふうと息を吐き、肩を落とした。

そして場波を見て弥生は「私が山口さんを殺しました。どうぞ逮捕してください」と言った。

「わかりました。よく話してくださいました。ところでもうすぐ子供たちが楽しみにしている夏休みになりますが、英一さんと夏休みの思い出はありますか？」

場波が聞いた。

弥生は寂しげな笑みを浮かべた。

「特にありません」

「そうですか。私、英一君の中学の元担任の先生にお話をうかがいました。英一君はよく勉強のできる優しい子だったようですね。元担任が英一君の書いた作文を覚えていましてね。そこにあなたと花火大会に行ったことが書かれていました。その花火が美しかったこと、そして働きづめで苦労しているあなたを将来は楽にさせたい、温泉旅行につれて行ってあげたいと書かれていたそうですよ」

場波の言葉に弥生は涙ぐんだ。

「そうでしたか……。花火大会のことはよく覚えています。貧しかったので夏休みだからと言ってもどこか旅行に連れて行ってやることはできませんでした。それで荒川の河川敷で行われる流星市花火大会に2人で行きました。亡くなる前の年の夏でした。母さん、また来年も来ようねと英一が笑顔で言いましたが、それは叶いませんでした」

「英一君は花火が好きだったのですね」

「ええ、とても……。夜空に大輪の花が咲くと、英一の笑顔が輝きました」

「警部、もうすぐ流星市花火大会ですね」

譲二が言った。

「そうだな」

場波は言った。

流星市花火大会は、毎年、8月10日に行われる。その日は、第2次世界大戦中、米軍の空襲で街が焼かれ、多くの死者を出した日である。その鎮魂のための花火大会なのだ。

「木下さん」

場波は言った。

「はい」

弥生は、涙で潤んだ目で場波を見つめた。

「今年の花火大会に英一君の遺影を持って出掛けてください。英一君と一緒に花火をご覧になったらいかがでしょうか。その後、自首してこられたらいいです。私たちは待っていますから」

場波の発言に譲二は驚き「警部、いいのですか」と場波を見た。

弥生が自首してこなかったら、自殺でもしたら……責任を問われるのではないか。

「いいのですか?」

弥生も驚いている。

「私は木下さんを信じています。自首をして、罪を償って再出発するんです。怒りや憎しみからは何も生まれません。英一君もきっとそう思っていますよ」

場波が穏やかに言った。

弥生はたちまち表情を崩し、号泣し、机に顔を伏せた。

何度も、何度も場波と譲二を振り返り、頭を下げながら弥生が警察署から出て行った。

「本当にこれでいいんですか」

譲二が言った。

「人は許し合わないとな。孔子も『恕』と言っているだろう」

場波が微笑んだ。譲二は意味がわからず首を傾げた。

「俺は家族で花火大会に行く計画だ。加奈も来るから、どうだ、お前も合流するか?」

場波が譲二に言った。

「加奈さんも一緒ですか」

「そうだよ、嫌か?」

「警部、喜んでご一緒させていただきます」

譲二が笑顔で敬礼した。

「ははは……」

場波は笑った。

弥生は、英一の遺影とともに夜空を彩る花火を眺めるだろう。あの儚く、華やかな花火には人の心を慰める力がある。弥生はきっと憎しみに捉われた人生から離れ、新しい人生への歩みを決意するに違いない。場波は、そう信じたのである。

●江上 剛 えがみ・ごう

1954年兵庫県生まれ。作家。1977年早稲田大学政治経済学部政治学科卒業後、旧第一勧業銀行（現みずほ銀行）入行。梅田・芝支店の後、本部企画、人事関係を経て、高田馬場、築地各支店長を経て2003年3月に退行。1997年第一勧銀総会屋事件に遭遇し、広報部次長として混乱収拾に尽力。その後のコンプライアンス体制に大きな役割を果たす。銀行員としての傍ら、2002年『非情銀行』（新潮社）で小説家デビュー。著書に、『起死回生』（講談社文庫）、『座礁　巨大銀行が震えた日』（朝日文庫）、『我、弁明せず』（PHP文芸文庫）、『庶務行員　多加賀主水が許さない』シリーズ（祥伝社文庫）、『小説　ゴルフ人間図鑑』（日刊現代）など多数。

小説《しょうせつ》　ゴルフ人間図鑑《にんげんずかん》　ミステリー編《へん》
ゴルフ場《じょう》には死体《したい》がいっぱい

2024年11月29日　第1刷発行

著者　江上《えがみ》　剛《ごう》
発行者　寺田俊治
発行所　株式会社　日刊現代
東京都中央区新川1-3-17　新川三幸ビル
郵便番号　104-8007
電話　03-5244-9620
発売所　株式会社　講談社
東京都文京区音羽2-12-21
郵便番号　112-8001
電話　03-5395-5817
印刷所／製本所　中央精版印刷株式会社
本文データ制作　株式会社キャップス

ISBN978-4-06-537874-8